www.tredition.de

AF138289

Anna Terris

Was kümmert mich Marie?

Kurzroman

www.tredition.de

© 2021 Anna Terris

Verlag und Druck:
tredition GmbH, Halenreie 40-44, 22359 Hamburg

ISBN
Paperback: 978-3-347-33813-5
Hardcover: 978-3-347-33814-2
e-Book: 978-3-347-33815-9

Für Claudi

Ich will barfuß über Blumenwiesen gehen.
Ich will dich, den Sinn des Lebens und mich
selbst besser verstehen.
Und vor allem will ich leben, und zwar nicht
gestern oder eben, sondern jetzt!

1

Irma erwachte aus ihrem Traum. Sie brauchte einen kurzen Moment, um sich zu orientieren, dann fing ihr Magen an sich zu verkrampfen und die Wut stieg langsam vom Bauch an aufwärts. Immer höher und höher, bis in ihren Kopf, wo sie zu explodieren drohte. Mit geballten Fäusten setzte sie sich auf und unterdrückte mit Mühe einen lauten Frustschrei. Die Wände waren hier sehr hellhörig…

`Immer langsam mit den jungen Pferden!`, `meldete sich ihr Unterbewusstsein. Es war` `doch nur ein Traum!`

»Na und?« Hier in ihren eigenen vier Wänden hatte sie überhaupt kein Problem damit, mit sich selbst zu reden. »Es war ja nicht der Erste dieser Art. Jede Nacht der gleiche Scheiß! Langsam reicht es mir! Wer ist denn nun diese seltsame Frau, die dort im Koma liegt? Ich kann ja nie erkennen, wie sie aussieht, mit dem blöden Verband um den Kopf. Was hat sie denn mit mir zu tun? Heute habe ich sogar die Zimmernummer an der Tür gesehen. Ich weiß genau, in welchem Krankenhaus das ist. Direkt hier um die Ecke.« Mit dem Zeigefinger deutete sie aufgeregt in die Richtung, in der das Krankenhaus lag.

Na dann geh doch hin und frag nach ihr, wenn du dich traust! Ihr Unterbewusstsein grinste hämisch. Vielleicht findest du ja dort auch das geheimnisvolle Tagebuch, das dich im Traum immer so magisch anzieht. Du wirst dich so was von blamieren!

Dieses dämliche Unterbewusstsein. Traf immer genau ihren wunden Punkt. Sie hatte eine Heidenangst davor, in peinliche Situationen zu geraten oder bloßgestellt zu werden, besonders weil sie sich sowieso nie wirklich irgendwo zugehörig fühlte. Vielleicht war sie ja ein wenig seltsam, eine Außenseiterin in einer Gesellschaft von konformistischen Egoisten, die ihr, ehrlich gesagt, bis auf einige wenige Ausnahmen, sämtlich am Arsch vorbei gingen. Aber diese unverschämte Stimme ihres Unterbewusstseins war die einzige, bei der sie sich mal traute, Kontra zu geben. Ansonsten achtete sie immer peinlich darauf, nicht aus der Reihe zu fallen.

Sie schloss die Augen und begann ungewollt, sich die Situation auszumalen: Die Empfangsdame, die ihr mitteilte, sie könne ihr leider keine Informationen über die Patientin in Zimmer 11 der Intensivstation geben, wenn sie keine Angehörige sei. Der Arzt, der sie bei der Beschreibung der Frau irritiert anschaute, als wolle er sie fragen, ob sie noch alle Tassen im

Schrank habe. Die Schwester, die sie entnervt abwies, weil sie wichtigeres zu tun hatte, als nach einem Tagebuch zu suchen.

Schließlich seufzte sie und fasste einen Entschluss.

»Und wenn schon«, murmelte sie. »Sollen sie doch alle einmal herzlich über mich lachen. Vielleicht finde ich ja wenigstens heraus, ob es eine solche Patientin überhaupt gibt.«

Entschlossen stand sie auf und zog sich an. Unangenehme Dinge sollte man nie vor sich herschieben.

Im Krankenhaus ging sie, einer spontanen Eingebung folgend, zielstrebig am Empfangsbereich vorbei. Den Teil der Blamage konnte sie sich zumindest ersparen.

Wo ungefähr die Intensivstation lag, wusste sie zum Glück. Ein großer Plan an der Wand im Foyer bestätigte ihre Vermutung. In Gedanken versunken legte sie den Weg durch die Flure zurück. Plötzlich stand sie vor einer verschlossenen Tür mit der Aufschrift:

›Intensivmedizin. Bitte klingeln‹

Wie sollte sie jetzt weiter vorgehen? Dafür hatte sie sich keinen Plan gemacht.

Einen automatischen Türöffner gab es nur von innen. Eine Weile stand sie unschlüssig vor der Tür, dann hörte sie Geräusche aus dem Flur hinter sich. Sie wurden lauter und ein Krankenbett bog in ihre Richtung in den Gang ein. Das Bett war umrahmt von einem halben Dutzend in Weiß und Grün gekleideter Personen, die in schnellem Wechsel Fachbegriffe austauschten und sich abwechselnd über den Patienten beugten, um irgendetwas zu kontrollieren. Einer von ihnen hatte augenscheinlich einen Türöffner bei sich, denn die breite automatische Tür öffnete sich genau im richtigen Moment, sodass die Truppe ohne Verzögerung passieren konnte. Irma hatten sie im Eifer des Gefechts überhaupt nicht beachtet.

Noch bevor ihr wirklich klar wurde, was sie gerade tat, huschte sie aus einem Impuls heraus schnell mit durch die Tür und drückte sich in der nächsten Ecke an die Wand. Adrenalin schoss durch ihre Blutbahn. Dieses Gefühl hatte sie nicht mehr gehabt, seit sie als Jugendliche mit einer Freundin in einem fremden Garten Kirschen geklaut hatte.

Darüber müsste man einen Film drehen! Ihr Unterbewusstsein fühlte sich prächtig unterhalten.

Geistig verwirrte Mittdreißigerin schleicht sich auf die Intensivstation, um an ein imaginäres Tagebuch einer nicht existierenden Patientin zu kommen!

»Sehr witzig! Hilf mir lieber, statt mich zu verunsichern!«, zischte Irma zwischen den Zähnen.

Okay, dann solltest du dir vielleicht jetzt ein Versteck suchen, wenn du nicht sofort wieder rausgeschmissen werden willst.

Im gleichen Moment ging ein paar Meter vor ihr eine Tür auf. Irma schaute sich um und scannte ihre Umgebung. Sie befand sich wohl in einer Art Schleuse zwischen Normal- und Intensivstation. Blitzschnell verkroch sie sich zwischen ein paar Mänteln, die an einer Kleiderstange hingen, wo die Besucher sie gegen keimfreie Kittel tauschen konnten.

Aus dem Zimmer vor ihr kam ein junger Mann in gebeugter Körperhaltung herausgeschlichen. Seine schulterlangen braunen Haare waren im Nacken zu einem Zopf gebunden. Für einen kurzen Moment konnte sie sein Gesicht erkennen. Er hatte Tränen in den Augen. Seine großen, dunklen Pupillen glänzten und spiegelten das kalte Neonlicht des Krankenhausflurs wider. Es lag so unglaublich viel Liebe und Wärme darin, dass ihr ein wohliger Schauer über den Rücken lief. Ein kalter Luftzug holte sie aus ihren Gedanken zurück und ließ sie frösteln.

Seltsamerweise trug er weder Kittel noch Mundschutz, was ihr jetzt sehr zu Gute kam, sonst hätte er sie beim Umziehen mit Sicherheit entdeckt. So lief er einfach weiter, betätigte den Schalter und verschwand durch die sich automatisch öffnende Tür.

Irma hatte die Luft angehalten, nun ließ sie sie geräuschvoll entweichen. *Das war knapp. Was jetzt?*

Leise kroch sie wieder zwischen den Mänteln hervor und schaute sich um. *Am unauffälligsten wäre mit Sicherheit, sich als Arzt oder als Besucher auszugeben.* Kurzentschlossen nahm sie sich einen von den frisch gewaschenen Kitteln von der Wand und einen Mundschutz aus dem Regal, zog beides hastig über und lief den Gang hinunter, auf die Tür zu, aus welcher der junge Mann gerade herausgekommen war. Nummer 11. *Bingo!* Leise öffnete sie die Tür und trat ein. Drinnen pumpte ein Beatmungsapparat immer im selben Rhythmus. Ein fast beruhigendes Geräusch. Eilig desinfizierte sie sich an dem an der Wand aufgehängten Spender die Hände.

Fasziniert näherte sie sich langsam dem Krankenbett, bis sie ganz dicht danebenstand. Die Patientin sah genau so aus, wie die aus ihrem Traum. Das Gesicht konnte man aufgrund des großzügigen Verbandes nicht erkennen, aber sie war sich hundertprozentig sicher. Das war dieselbe Frau. Sie faszinierte sie auf seltsame Art und Weise. Von ihr ging eine ganz eigentümliche Ausstrahlung aus, fast ein Sog, der sie anzuziehen schien. Genau wie in ihrem Traum! Nachdem sie eine ganze Weile verblüfft neben dem Bett gestanden und die komatöse Frau angestarrt hatte, holte ein Geräusch sie aus ihrer Versenkung. Draußen auf dem Flur unterhielten sich Leute. Doch sie gingen vorbei. Irma ließ den Blick durch das Zimmer wandern. Auf dem Nachttisch, der etwas abseits vom Bett stand, lag neben einer Handtasche auch ein aufgeschlagenes Buch. Das Tagebuch! Sie schien tatsächlich so etwas wie eine Vision gehabt zu haben. Ungläubig und fast ehrfürchtig nahm sie das kleine Büchlein in die Hand. Es war handgeschrieben, wie das aus ihren Träumen. Sie musste es unbedingt mitnehmen, so viel stand für sie fest. Komme, was wolle.

Kurzerhand steckte sie es in die Handtasche, die sie sich mit einer schwungvollen Bewegung über die Schulter hängte, machte auf dem Absatz kehrt und verließ fast fluchtartig das Zimmer.

Bist du von allen guten Geistern verlassen? Das ist Diebstahl!

Als ihr bewusst wurde, was sie getan hatte, befand sie sich schon wieder auf der Straße vor dem Krankenhaus. Ihr Unterbewusstsein hatte Recht. Was hatte sie sich bloß dabei gedacht? Es war fast wie ein Reflex gewesen, gegen den sie nichts tun konnte. Panikartig versuchte sie nachzudenken: Sie machte sich strafbar, hatte die Sachen gestohlen. Vielleicht könnte sie ja jetzt noch zurückgehen, die Handtasche samt Buch zurückbringen und den Sachverhalt aufklären.

Was gibt es denn da aufzuklären? Am besten erzählst du ihnen noch die Geschichte von deinen mysteriösen Träumen. Dann weisen sie dich sicherlich direkt ein!

Nein, dann doch lieber unbemerkt zurücklegen und abhauen. Und wenn sie erwischt würde? Wenn der gutaussehende Mann zurückkäme und sie dabei überraschte?

Tausend Gedanken flogen ihr gleichzeitig durch den Kopf. Vielleicht befand sich in der Tasche ja ein Hinweis auf die Identität der Kranken. Damit könnte sie den Angehörigen die Sachen zukommen lassen. Anonym.

Unterdessen hatten sie ihre Beine immer weiterlaufen lassen, und während sie noch hin und her überlegte, war sie unbemerkt zu Hause angekommen, steckte wie automatisiert den Schlüssel ins Schloss und öffnete ihre Wohnungstür. Das alte Ding schleifte so laut über den Dielenboden, dass es das ganze Viertel hören musste! *Morgen ruf ich den Hausmeister an*, dachte sie und ließ sich auf ihr Sofa fallen.

Ein Blick in die Tasche konnte auf keinen Fall schaden. Jetzt, da sie sie schon mit nach Hause genommen hatte… Es war eine große Umhängetasche aus militärgrünem, grobem Leinenstoff. Sorgfältig räumte sie alles aus und legte jeden Gegenstand einzeln neben sich auf das Sofa. Es war nichts auffälliges dabei. Im Gegenteil, der Inhalt reduzierte sich auf genau die Sachen, die sie auch selbst in ihrer Handtasche hatte, wenn sie denn überhaupt eine bei sich trug. Eigentlich mochte sie Handtaschen nicht, fand sie furchtbar lästig und außerdem meist hässlich. In der Regel steckte sie sich einfach ein wenig loses Geld in die Hosentasche, ihr Handy in die andere und im Winter zusätzlich ein paar Taschentücher in die Jackentasche, fertig. Man war beweglicher, hatte beide Hände frei und kam sich nicht vor wie eins von diesen Mode-Püppchen, die die Designer-Beutelchen zu

Hause sammelten und am besten noch nach Farben sortierten. Wozu in aller Welt brauchte man mehr als eine Handtasche? Manchmal kam sie sich vor wie ein Mann im falschen Körper - als hätte die Natur bei ihr ein paar Gene vertauscht. Schon als Kind war sie leidenschaftlich gern auf Bäume geklettert, hatte sich mit den Jungs gerauft und war nicht selten mit aufgeschürften Knien nach Hause gekommen. Sie interessierte sich für Autos und Motorräder, hatte keine Probleme damit, einen Reifen zu wechseln oder einen Lichtschalter anzubringen und konnte einigermaßen zügig rückwärts einparken.

Kein Portemonnaie. Kein Personalausweis. Kein Führerschein. *Mist.*

Ein bisschen loses Geld in der Innentasche, das war´s. Irmas Blick fiel auf das Buch, das sie sorgfältig auf das Sofa gelegt hatte. Es war wohl wirklich ein Tagebuch. Der Einband war aus dunkelblauem Leinen, doch es wies keine Gebrauchsspuren auf, wie einige der alten gebundenen Klassiker-Exemplare, die ihr Bücherregal zierten. Sie drehte das Buch und betrachtete es von allen Seiten. Einen Titel gab es auch nicht. Neugierig schlug sie es auf und blätterte durch die handbeschriebenen Seiten. Die Schrift war ausgefallen, weder groß noch klein. Sie hatte einen schönen Schwung, der relativ gerade war und die Buchstaben waren nicht zur Seite geneigt. Sie ähnelte ihrer eigenen.

Samstag. Ich bin verrückt. Ich rede mit mir selbst, führe ausgefeilte Monologe, erkläre fiktiven Zuhörern meine Einstellung zu diesem und jenem, stelle mir vor, wie sie mich bewundernd anschauen ob meiner Eloquenz... Nur Verrückte reden mit sich selbst! Manchmal werde ich von jemandem erwischt und tue schnell so, als würde ich telefonieren...

Auch dieses Tagebuchführen ist nicht normal. Normale Menschen teilen ihre Gedanken anderen mit. Wenn es zu persönlich wird oder Probleme gibt, dann dem Psychologen. Aber doch bitte nicht dem Tagebuch! In Tagebücher schreiben philosophisch veranlagte Menschen, die durch höhere geistige Sphären wandeln und ihre wertvollen Erkenntnisse für die Nachwelt festhalten wollen. Nicht auszudenken, wenn meine Hinterbliebenen nach meinem Ableben diese Zeilen läsen. Mein Image wäre für immer ruiniert! Sie würden sich schämen, mich gekannt zu haben. Ich werde einen Vermerk auf den Umschlag machen: Bitte nach meinem Tod ungeöffnet verbrennen. Andererseits: Was juckt es mich, wenn irgendjemand nach meinem Tod schlecht von mir denkt oder Witze über mich macht? Sollen sie ruhig auf meine Kosten ihren Spaß haben. Dann hätte mein Leben wenigstens einem Zweck gedient: Andere zu belustigen.

Im Grunde bewundere ich das Selbstbewusstsein Anderer. Denen ist es egal, was andere über sie denken. Was stört es den Baum, wenn ein Schwein sich an ihm scheuert? Ich versuche mir einzureden, ich sei auch `aus diesem Holz gemacht´, stelle mich nach außen so dar, aber in der Realität sieht es ganz anders aus. Ich bemühe mich, es den Menschen recht zu machen, mich anzupassen. Ändere meinen Kleidungsstil, meine Art zu reden, Gestik und Mimik, passe mich in Essensgewohnheiten, Hobbys und Musikgeschmack den Leuten an, mit denen ich mich umgebe. Man könnte daraus schließen, dass ich sehr vielseitig bin. Man könnte aber auch sagen, ich habe kein Rückgrat.

Wie sieht es bei anderen aus? Kann überhaupt jemand auf dieser Welt ohne die Meinung der Mitmenschen überleben? Sind wir nicht alle in irgendeiner Art und Weise abhängig voneinander? Miteinander verbunden, brauchen positives Feedback, möchten gelobt und gemocht, bewundert oder zumindest respektiert werden? Im Grunde sind wir doch aufeinander angewiesene Herdentiere. Wer kann schon ehrlich von sich behaupten, es reiche ihm, sich selbst gut zu finden, mit sich zufrieden oder stolz auf seine Leistungen zu sein, wenn die ganze Welt ihn missachtet?

Es ist ein Spiel, das wir alle spielen. Wir sammeln Fleißkärtchen und Pluspunkte, versuchen immer ein wenig besser zu sein als unsere Mitspieler. Selbst diejenigen, die scheinbar gegen den Strom schwimmen, wollen am Ende nur Anerkennung für ihren starken Charakter ernten.

Meine Freunde wirken alle so selbstsicher. Ich frage mich, ob das authentisch ist oder auch nur gespielt. Und ob sie vielleicht von mir genauso denken. Die Kunst besteht doch darin, möglichst viele Rollen zu beherrschen. Tochter, Schwester, Kollegin, Partnerin, Geliebte, Karrierefrau, Sportskanone, nach Wunsch die nette Frau von nebenan oder die wilde, chaotische Rebellin. Aber welche ist die wirkliche Marie? Bin ich das alles? Wie viele Facetten von mir sind echt und wie viele gespielt?

Irma stockte beim Lesen. Die Autorin des Tagebuchs hatte den gleichen Vornamen wie sie. Ihr zweiter Vorname war Marie, doch niemand nannte sie so. Nicht, dass der Name hier in Frankreich besonders selten gewesen wäre, trotzdem machte sich ein ungutes Gefühl in ihr breit. Auch die innere Zerrissenheit der jungen Frau konnte sie sehr gut nachempfinden. Die Gedanken der unbekannten Marie berührten sie tief und sie fragte sich, ob es nicht vielleicht eine Erinnerung an sie war, sich selbst treu zu bleiben. Vielleicht sollte sie als erstes morgen früh die Tasche zurückbringen. Doch darüber musste sie erst noch einmal schlafen. Zögernd nahm sie die Lektüre wieder in die Hand.

Wie gut kenne ich mich eigentlich? Wie gut kann ein Mensch sich kennen? Spiele ich nur den Anderen etwas vor oder am Ende auch mir selbst? Wenn das Bild, das ich von mir habe, von dem abweicht, das Andere von mir haben, welches ist dann echt? Welches bin dann ich?

Wahrscheinlich alles zusammengenommen. Das, was ich hier gerade schreibe, bin ja auch ich. Vielleicht lerne ich mich selbst durch das Schreiben erst kennen...

Damit endete der Eintrag. Irma ging in die Küche und setzte Wasser auf, um sich einen Pfefferminztee zu kochen. Sie kaufte sich wöchentlich auf dem Markt frische Minze. Davon steckte sie jetzt einen ganzen Stängel in ihre große Teetasse und goss dann langsam das heiße Wasser darüber. Für sie war das wie ein Ritual, welches ihre Seele täglich brauchte und das ihr Ruhe und Kraft gab. Das Aroma des Tees stieg ihr in die Nase und sie atmete tief durch.

Sie nahm die Tasse mit aus der Küche zu ihrem Sofa und kuschelte sich in eine Wolldecke, bevor sie weiterlas.

Sonntag. Pierre hat gesagt, ich hätte zu große Ansprüche an andere Menschen. Ich hatte ihm von einem Gespräch mit Marc erzählt, was ich furchtbar langweilig fand. Marc neigt dazu, sich selbst und sein Leben in allen Details stundenlang und sehr detailliert darzustellen. Nur, dass es eigentlich in seinem kleinen arbeitslosen Leben, gelinde gesagt, nur selten etwas gibt, das es wert wäre, erzählt zu werden. Also berichtet er mit akribischer Genauigkeit und bewundernswerter Ausdauer darüber, wie er erst seine Garage ausgemistet und aufgeräumt, danach seine Mutter besucht und anschließend Spaghetti gekocht hat. Dann folgt eine Liste mit Leuten, die ihn angerufen haben oder die er angerufen hat, und mit denen er sich unbedingt einmal wieder treffen muss. Ob er denen am Telefon auch von dem Schrott in seiner Garage erzählt hat, der auf den Sperrmüll muss? Jedenfalls kommt es mir oft so vor, als schreibe er vor jedem Telefonat eine Liste der erzählenswerten Dinge, um einen vielbeschäftigten und beliebten Eindruck zu hinterlassen. Außerdem lässt er praktisch nie Pausen im Gespräch entstehen, die meiner Meinung nach nur ganz natürlich sind, wenn man spontan miteinander redet. Und zugegebenermaßen wären solche Verschnaufpausen bei dem Redefluss auch mal ganz angenehm. Er hinterlässt immer einen perfekten Eindruck und macht scheinbar tausend Dinge gleichzeitig. Während er mit mir telefoniert, ordnet er gleichzeitig die Foto-Ordner auf seinem Laptop, wodurch in unregelmäßigen Abständen immer wieder Sprüche wie ›Mensch, war der Martin damals fett!‹ oder ›Südafrika, war das ein geiler Urlaub!‹ in unsere Unterhaltung mit einfließen, was ich mir gegenüber eigentlich schon mehr als unhöflich finde.

Jedenfalls war Pierres Reaktion darauf, mir zu erklären, man müsse jeden Menschen so nehmen, wie er ist und versuchen sich in ihn hinein zu versetzen, um die Beweggründe nachvollziehen zu können, die hinter dem Handeln stehen könnten. Und wenn man seine Ansprüche zu hochschrauben würde, habe man bald keine Freunde mehr, weil alle mit menschlichen Schwächen behafteten Wesen durchs Raster fielen. Wahrscheinlich fühle sich Marc in Wirklichkeit sehr einsam und brauche dringend meine Aufmerksamkeit und mein Interesse. Pierre ist einmalig. Andere wären schon bei der Erwähnung eines männlichen besten Freundes eifersüchtig. Er ist fast zu perfekt. Als habe er alle Fehler und Schwächen schon in einem früheren Leben hinter sich gelassen.

2

Irma war auf dem Weg zu der Klinik, um die Tasche zurückzubringen. Sie musste sie zurückbringen, auch wenn sie im Moment noch nicht so genau wusste, wie sie es anstellen sollte, ohne als Diebin dazustehen. Aber sie musste zurück, soviel stand fest, allein schon um vor sich selbst nicht gänzlich das Gesicht zu verlieren. Darauf kam es doch im Leben an, oder? Dass man mit sich selbst zufrieden war und seinen eigenen Ansprüchen genügte. Ihr momentaner Zustand schien ihr jedenfalls weit von dieser Vorstellung entfernt.

Ihr Unterbewusstsein meldete sich zu Wort: Sie werden dich festnehmen und einsperren. ›Journalistin als Diebin enttarnt. Wehrlose Komapatientin wird zum Opfer‹. Wer hätte gedacht, dass du am Ende doch noch eine gute Schlagzeile lieferst!

Wenn man schon klaut, muss man wenigstens so schlau sein, sich nicht erwischen zu lassen. Außerdem war doch gar nichts wertvolles drin. Die paar handgeschriebenen Seiten sind bestimmt nicht für den Pulitzer-Preis nominiert!

Ihre Gedanken schweiften zu dem Inhalt des Tagebuchs. Pierre. Das war wahrscheinlich der gutaussehende Mann, der mit Tränen in den Augen aus dem Krankenzimmer gekommen war. Genau ihr Typ. Angesichts der Lage seiner Freundin schämte sie sich sofort für diesen Gedanken, aber Trauer machte Männer für sie immer attraktiver. Wenn so ein starker Bursche mit markanten Gesichtszügen und Drei-Tage-Bart Gefühle zeigte und sich womöglich noch eine Träne aus dem Auge drückte, war es sofort um sie geschehen. Die Kombination von harter Schale und weichem Kern fand sie unwiderstehlich. Gerne hätte sie noch mehr über ihn gelesen, aber sie wollte sich nicht noch tiefer in diese Geschichte verrennen, mit der sie nüchtern gesehen, absolut gar nichts zu tun hatte. Ihr Unterbewusstsein verdrehte die Augen.

Im Krankenhaus fand sie automatisch den Weg zum richtigen Trakt. Die Schleusentür war heute glücklicherweise nur angelehnt und so schlich sie sich direkt zum Zimmer mit der Nummer 11. Doch dort fand wohl gerade eine größere Visite statt und eine Horde Ärzte drängte sich an ihr vorbei zu Maries Bett. Ohne zu überlegen änderte sie die Richtung und landete in einem winzigen Aufenthaltsraum, der mit fünf Menschen darin, fast überquoll. Der einzige freie Platz befand sich neben dem dunkelhaarigen jungen Mann aus Maries Zimmer –

Pierre, der sie eindringlich aus seinen tiefliegenden dunklen Augen musterte. *Mist!* Es war zu spät, um die Tasche noch zu verbergen, doch die schien ihm gar nicht aufzufallen. Stattdessen bot er ihr mit einer Handbewegung und einem kleinen Lächeln den freien Stuhl neben sich an.

Eine Weile saßen sie schweigend da. Von der Seite konnte sie seinen Blick spüren und rutschte unruhig auf ihrem Sitz hin und her.

Schließlich hielt sie es nicht mehr aus.

»Entschuldigung, kennen wir uns?« fragte sie unsicher.

Er zögerte. »Ich weiß nicht, sagen sie es mir.«

»Ich glaube nicht… Es ist nur… Sie haben mich so angesehen, als ob…« Dumme Kuh!

»als ob…?«

»Ach, vergessen sie´s. Es tut mir leid.«

Er lachte. »Netter Versuch.«

»Wie bitte? Sie haben mich doch so angeguckt!«

»Hab´ ich das?«

»Ja, und sie tun es immer noch!«

Tatsächlich fühlte sie sich derart von seinem Blick durchdrungen, ja regelrecht durchschaut, dass ihr ganz schwindelig wurde. Wusste er doch Bescheid über die Tasche und ließ es sich nur nicht anmerken? Bei dem Gedanken drehte sich ihr Magen um.

»Ist ihnen nicht wohl?«

›Bis eben ging es mir noch blendend‹, wollte sie flapsig zurückgeben, doch sie schwankte und sah den Raum vor ihren Augen verschwimmen.

»Kommen sie, mir scheint, sie brauchen frische Luft, hier kann man ja nicht atmen.«, sagte er und half ihr auf. Das ist ja wie in einem schlechten Film! Ihr Unterbewusstsein amüsierte sich prächtig.

Behutsam legte er die Hand auf ihren Rücken und führte sie auf die angrenzende Dachterrasse, die als Raucherbereich gekennzeichnet war. Erstaunlich, wie die Krankenhäuser sich um die rauchende Bevölkerung bemühten. Darüber hatte sie auch schon einmal einen Artikel schreiben wollen, mit dem Titel ›Die Raucher von heute‹ sind die Kunden von Morgen‹, hatte aber bei den Zeitungen kein grünes Licht dafür bekommen.

Dankbar atmete sie die kühle, klare Luft ein.

»Geht es ihnen jetzt besser?«, fragte er besorgt.

Obwohl Irma sich nun am Geländer abstützte, lag seine Hand immer noch auf ihrem Rücken.

»Netter Versuch«, sagte sie mit einem Seitenblick auf seinen Arm.

Er lächelte und zog seine Hand zurück, doch es lag immer noch sehr viel Traurigkeit in seinem Blick und sie wurde mit einem Schlag wieder ernst.

Eine Weile schauten sie schweigend über die Stadt, die in der abendlichen Dämmerung zu neuem Leben aus künstlichem Licht erwachte. Diese Tageszeit war ihr die Liebste. Der Moment, in dem die Sonne und die Natur sich zurückzog, um der menschlichen Technik das Feld zu überlassen und die Fenster der Häuser wie tausend kleine Sterne am Großstadthimmel aufblinkten.

»Sie sind mit ihr befreundet, nicht wahr? Mit der Frau, die dort im Koma liegt.« Mit dem Kopf deutete sie in die Richtung in der das Krankenzimmer Nummer 11 lag. »Ich hab´ sie aus ihrem Zimmer kommen sehen.«

»Ihr Name ist Marie.« Eine Weile sagte er nichts. »Es war ein Unfall. Ein LKW nahm uns die Vorfahrt…«

»Sie waren mit in dem Auto?«

»Ja.«

»Mein Gott…Ich weiß nicht was ich sagen soll… sie…« Sie begutachtete ihn von oben bis unten. »Sie haben wohl eine große Portion Glück gehabt…«

»Das kommt auf die Sichtweise an.«

»Ja… Entschuldigung.« Sie hatte den Finger direkt in die Wunde gelegt.

Wieder schwiegen sie.

»Ich möchte ihnen etwas zeigen. Kommen sie.«

Sacht nahm er ihren Arm und führte sie wieder hinein, durch den vollen Aufenthaltsraum bis auf den Krankenhausflur. Ehe sie ihn fragen konnte was er vorhatte, standen sie an Maries Bett. Das Zimmer war jetzt wieder leer und nur das Piepen der Apparate, die die Herztöne überwachten und das Pumpen des Beatmungsgeräts erklangen im stetigen, friedlichen Wechsel.

»Finden sie, dass sie lebendig aussieht?«, fragte er.

Sie war sich nicht sicher, was er hören wollte.

»Seien sie ehrlich, sagen sie, was sie empfinden.«

»Sie sieht aus wie eine leblose Hülle, die durch all diese Apparate künstlich am Leben gehalten wird.«

»Ja«, sagte er. »Das liegt daran, dass ihre Seele den Körper bereits verlassen hat. Sie bewegt sich irgendwo durch den Raum und kann sich noch nicht dazu entschließen, nach Hause zu gehen, möchte aber auch nicht in den Körper zurück.«

»Nach Hause?«

»Zurück zu Gott, in die Vollkommenheit, die unser natürlicher Zustand ist.«

Ein Guru! Ärgerlich brachte sie ihr Unterbewusstsein zum Schweigen.

»Warum kann sie sich nicht für die Vollkommenheit entscheiden?« Fasziniert hatte sie an seinen Lippen gehangen, während er sprach.

»Sie hat wahrscheinlich in diesem Leben noch etwas zu erledigen, hat ihre Aufgabe hier noch nicht erfüllt. Vielleicht hängt sie zu sehr an den Menschen, die sie liebgewonnen hat und will sie noch nicht loslassen.«

»An ihnen…« Sie hatte laut gedacht.

Er antwortete nicht. Stattdessen sah er ihr in die Augen.

»Beendet sie dieses Leben vor ihrer Zeit, so muss sie in der nächsten Inkarnation von vorne anfangen und bekommt die gleichen Aufgaben noch einmal gestellt.«

»Sie glauben an Wiedergeburt?«

»Ich glaube nicht daran, es ist eine Gewissheit. Zur Wahrheit kann man nicht durch Denken gelangen, sie kommt von innen. Es ist wie eine innere Sicherheit. Handeln sie manchmal intuitiv?«

Sie nickte. »Oft sogar.«

»Sehen sie? Alles, was sie intuitiv denken oder tun, kommt von Gott. Das ist Wahrheit.«

Irma löste ihren Blick von seinen tiefbraunen Augen und wandte sich wieder Marie zu. Das war für ihre Begriffe alles etwas zu spirituell, aber sie spürte das Bedürfnis, dieser Frau zu helfen. Sie war von ihr fast noch mehr fasziniert, als von ihrem attraktiven Freund. Deshalb nahm sie seinen Gedanken auf und führte ihn weiter.

»Wenn ihre Seele sich in unserer Nähe aufhielte, könnte sie dann auch unsere Gespräche verstehen?«

»Natürlich.«

Sie überlegte.

»Man könnte versuchen, sie zur Rückkehr in den Körper zu bewegen.«

Bist du verrückt geworden? Sie schenkte ihrem Unterbewusstsein keine Beachtung.

»Das habe ich schon versucht, bisher leider ohne Erfolg.«

Das Schicksal der unbekannten Frau und ihres Liebhabers rührte Irma und ihre Stimme wurde sehr leise, als sie sagte: »Versuchen sie es weiter.«

Er schaute sie lange an.

»Würden sie mir dabei helfen? Ich glaube, ich könnte ein wenig Beistand gebrauchen…«

»Wie könnte ich denn dabei behilflich sein?«

»Im Grunde haben sie schon damit begonnen zu helfen. Dieses Gespräch war der erste Schritt.«

In ihren Augen mussten große Fragezeichen aufgetaucht sein, wie bei einer Comicfigur, deshalb fuhr er fort:

»Maries Seele war die ganze Zeit dabei. Sie hat unser Gespräch quasi belauscht, wenn sie es so wollen. Wenn wir uns weiter über sie unterhalten, wird sie zwangsläufig an sich selbst und ihr Leben erinnert.«

Vielleicht wird sie ja eifersüchtig!

Irma verdrehte die Augen auf den unpassenden Kommentar ihres Unterbewusstseins, doch etwas in ihr wollte unbedingt bei diesem seltsamen Experiment dabei sein.

Plötzlich fielen ihr die Tasche und das Tagebuch wieder ein. Einen Moment lang überlegte sie fieberhaft, wie sie sich am besten aus der Affäre ziehen könnte, doch dann entschied sie sich für die Wahrheit. Sie seufzte.

»Okay. Aber vorher muss ich ihnen noch etwas beichten. Danach können sie ja darüber nachdenken, ob sie meine Hilfe überhaupt noch wollen.« Sie machte eine kurze Pause und versuchte einen Anfang zu finden. »Ich… Ich habe gestern Maries Handtasche und ihr… Tagebuch mit nach Hause genommen«, stammelte sie. »Ich weiß auch nicht wieso, es war wie eine Art Zwang…«

`Na toll, jetzt sind wir auch noch eine Kleptomanin!`

Er schmunzelte.

»Keine Sorge, nichts geschieht ohne Grund. Ich bin mir sicher, dass es genau so sein sollte. Tun sie mir einen Gefallen und behalten sie die Tasche und auch das Tagebuch erst einmal. Lesen sie es. Das könnte für unsere Sache noch sehr hilfreich sein.«

»Sind sie sicher?« Die Absolution kam ihr ein bisschen schnell vor.

»Ja. Ich heiße übrigens Pierre.«

»Ich weiß«, antwortete sie verschmitzt. »Irma.« Damit gab sie ihm die Hand.

3

Montag. Worte sind ein Zeugnis der Zeit, in der wir leben. Oftmals habe ich das Gefühl, Pierre sei in die falsche
Zeit geboren worden, da er sich an die Entwicklung der
Sprache nur sehr schwer zu gewöhnen scheint. Es ist, als
würde er an veralteten Redewendungen festkleben. Oder
sie an ihm. Seine Begeisterung für altertümliche Texte und
Gedichte kennt keine Grenzen. Noch nie habe ich jemanden kennen gelernt, der so achtsam mit Sprache umgeht
wie er. Jedes Wort aus seinem Mund hat eine tiefere Bedeutung, die sich mir und Anderen oft erst viel später erschließt.

Die Liebe zum geschriebenen Wort verbindet uns wie
zwei Äste eines Baumes, die, obwohl sie in verschiedene
Richtungen wachsen, doch immer eine Einheit bilden,
genährt aus derselben Wurzel.

Mein Ast ist ein moderner, verspielter. Stets offen für
alle Arten von Neuerungen, Wortschöpfungen, coolen
englischen Ausdrücken und witzigen Ideen, die einem Text
den nötigen Pep geben. Die ihn mit einem Schutzschild
aus humorvoller Kritik und charmanter Logik gegen jede
Art von Langeweile wappnen.

Pierres Sprache ist Musik, eine Komposition aus Wör-
tern, die schon fast in Vergessenheit geraten sind. Kurz
und prägnant, ohne Schnörkel und unnötige Ausschwei-
fungen und dennoch so klangvoll und melodisch, dass sie
die Menschen unter Umgehung der Ohren und des Gehirns, direkt ins Herz trifft. Er sagte mir einmal, Worte sei-
en wie ein Geschenk. Man müsse die äußere Hülle, also
die Verpackung, entfernen und könne dann die Seele der

Worte erfassen, was eine ganz eigene Dimension eröffne. Vor einiger Zeit hat er mir von einer seiner Reisen einen Brief geschrieben, der mir diese Aussage eindrucksvoll bestätigte. Noch nie in meinem Leben bekam ich etwas so Wertvolles geschenkt wie diese Zeilen, geschrieben mit gewöhnlicher Tinte auf gewöhnlichem Papier.

Sie war unterwegs zum Parc de Monceau. Dort wollte sie sich mit Pierre treffen. Obwohl sie noch viel Zeit hatte, nahm sie eine Abkürzung durch eine kleine Nebengasse, die sie sonst eigentlich mied, um den recht seltsamen Gestalten aus dem Weg zu gehen, die dort manchmal herumlungerten. Über einem Hauseingang hing ein kleines Messingschild mit der Inschrift

Madame Crassaud
Hellseherin & Medium

Eine füllige rothaarige Frau mittleren Alters stand in der offenen Tür und lächelte sie warmherzig an.

»Kommen sie herein, junge Dame, ich habe sie schon erwartet.«

Ja klar, dachte Irma, *polier noch mal deine Glaskugel Mütterchen. Ich werde deine Dienste nicht in Anspruch nehmen.*

»Oh doch, das werden sie, aber für sie ist es kostenlos. Ich habe den Auftrag, ihnen zu helfen. Erschrecken sie nicht, ich kann zwar ihre Gedanken wahrnehmen, doch ansonsten bin ich völlig ungefährlich. Ich tue keiner Fliege etwas zuleide. Kommen sie, Engelchen, kommen sie!« Glucksend drehte sie sich um und ging ins Innere der kleinen Wohnung.

Irma folgte ihr mit einer Mischung aus Neugier und einem unguten Gefühl.

`Wer weiß, was die Hexe im Schilde führt!` Ausnahmsweise waren sie und ihr Unterbewusstsein mal einer Meinung.

Der Raum, der wohl gleichzeitig als Wohn-, Schlaf- und Arbeitszimmer diente, war vollgestopft mit Büchern. Sie lagen in Stapeln überall zwischen zusammengewürfelten antiken Möbeln auf dem Boden. An den Wänden hingen zahlreiche dämonisch wirkende Masken und auf einer alten Kommode tummelten sich alle Arten von religiösen Figuren: Buddhas, Marienstatuen, kleine Engel, hinduistische und altägyptische Gottheiten.

Sie setzten sich an einen kleinen runden Tisch. Madame Crassaud sah sie eine Weile an, dann begann sie zu sprechen.

»Ich habe drei Botschaften für sie… Erstens: Sie müssen eine große Liebe loslassen, um eine noch größere zu finden... Zweitens: Hören sie auf die Worte der im Zwielicht Wandelnden… Drittens: Durch den Tod können sie zu sich selbst zurückfinden.«

Nach einer kleinen Pause schien sie wie aus einer Trance aufzuwachen, nahm das verdutzte Gesicht ihres Gegenübers wahr und lächelte.

»Ich weiß, dass sie diese Worte noch nicht richtig verstehen können. Es wird eine Weile dauern, bis sich Ihnen der Sinn offenbart. Aber ich kann im Moment noch nicht genauer darauf eingehen. Es ist immer eine Gratwanderung, den Menschen Hinweise zu geben, ohne sie zu sehr zu beeinflussen und in ihr Schicksal einzugreifen. Jeder muss seine Erfahrungen selber machen und seine eigenen Entscheidungen treffen. Das ist ein göttliches Gesetz. Prägen sie sich die drei Botschaften gut ein. Es wird der Zeitpunkt kommen, an dem sie glauben, eine oder mehrere in ihrem tieferen Sinn zu verstehen. Wenn es soweit ist, kommen sie ruhig noch einmal hierher. Vielleicht kann ich ihnen dann mehr sagen.«

`Träum weiter, Alte!` Die Arroganz ihres Unterbewusstseins kannte keine Grenzen.

»Darf ich sie noch etwas fragen?« Irma hatte die ganze Zeit über wie benommen geschwiegen und zugehört. Jetzt fing ihr Gehirn wieder an zu denken. »Wer hat ihnen, ihrer Meinung nach, den Auftrag gegeben, mir zu helfen?«

»Die göttliche Energie, Schätzchen«, antwortete die Frau »oder auch das allumfassende Bewusstsein. Oder meine Intuition, wenn ihnen das lieber ist. Egal, wie sie es nennen wollen, wichtig ist, dass man mit ihm in Verbindung bleibt.«

Als sie am Treffpunkt ankam, saß Pierre schon auf einer Bank in der morgendlichen Sonne und wartete.

»Bin ich zu spät?«, fragte sie besorgt.

»Nein, sie kommen genau richtig. Es gibt keinen falschen Zeitpunkt. Haben sie schon einmal darüber nachgedacht, dass es für alles eine perfekte Zeit gibt?«

»Ja, wenn sie mich so fragen, ich habe sogar in den letzten Tagen das Gefühl gehabt, die Zeit … gar nicht mehr zu brauchen, als ob alles um mich herum verschwimmt und sich von ganz alleine fügt. Genau genommen, seit ich an Maries Bett stand.« Ihr Unterbewusstsein verzichtete darauf, die Augen zu verdrehen. Die Faszination, die von diesem Pierre ausging, war einfach zu groß.

Sie setzte sich zu ihm.

»Wissen sie, ich fühlte mich vom ersten Augenblick an mit ihr verbunden. Ich kann es nicht genau erklären, aber ich hatte den Eindruck, sie zöge mich magisch an. Glauben sie an Fügungen?«

»Ja natürlich. Sie begegnen uns zu bestimmten Zeitpunkten im Leben und weisen uns den Weg. Sobald wir lernen, auf sie zu achten und uns ihnen öffnen, erhalten wir immer mehr von ihnen.«

»Mich lässt mittlerweile der Gedanke nicht mehr los, dass es irgendeine Verknüpfung gibt zwischen Maries Leben und meinem. Auf dem Weg hierher habe ich eine sehr seltsame Erfahrung gemacht.«

Sie erzählte ihm in allen Einzelheiten von der Begegnung mit Madame Crassaud.

»Was halten sie davon?«

Er hatte aufmerksam zugehört.

»Lassen sie uns ein paar Schritte gehen« sagte er.

Sie standen auf und schlenderten langsam durch den Park.

»Sie wirken ein wenig verwirrt. Haben sie schon eine Vermutung, was mit den drei Botschaften gemeint sein könnte?«

»Nein, einen kurzen Moment lang war ich geneigt, all das als Humbug abzutun. Aber etwas in mir möchte unbedingt daran glauben. Vielleich bin ich ja ein bisschen zu abenteuerlustig und hätte einfach gerne ein wenig Magie in meinem Leben… Aber die Frau konnte eindeutig meine Gedanken lesen und Geld wollte sie auch keines. Ehrlich gesagt ist mir in Bezug auf die letzten zwei Hinweise etwas mulmig. Immerhin haben sie beide, in irgendeiner Form, etwas mit dem Tod zu tun.«

»Haben sie Angst vor dem Tod?«

»Ich weiß es nicht. Glauben sie denn, dass mein eigener Tod gemeint ist? Muss ich erst sterben, um zu mir zurück zu finden?«

»Nein. Das halte ich für unwahrscheinlich. Es ist Wahrscheinlich eine Erfahrung mit dem Tod gemeint.«

»Vielleicht das, was wir hier gerade mit Maries Seele tun wollen? Der Versuch sie zu beeinflussen, sie vom Sterben abzuhalten?«

»Vielleicht.«

»Und die im Zwielicht wandelnde könnte dann auch Marie sein, nicht wahr?« Jetzt wurde Irma fast euphorisch. »Meinen sie, wir könnten wirklich mit ihr in Verbindung treten und sie hätte einen Rat für mich?«

Ho, ho, ho, schalt mal ´nen Gang runter, Süße!

»Ich…« Pierre rieb sich die Augen. Er wirkte plötzlich sehr müde. »Jetzt haben sie auch mich verwirrt. Ich weiß nicht, was ich sagen soll. Wahrscheinlich müssen sie es wirklich selbst herausfinden.«

Schlagartig hatte sie ein schlechtes Gewissen. Es ging hier schließlich nicht um sie, sondern darum, einer verirrten Seele zu helfen. Es ging um Maries Leben und um Pierres Glück. Wie konnte sie nur so unsensibel sein?

»Okay, also lassen sie uns mit unserem Vorhaben beginnen. Was kann ich tun, um ihnen zu helfen?«

Er überlegte einen Moment.

»Mir kommt gerade eine Idee. Ich weiß nicht, ob sie funktioniert, doch wir sollten es versuchen. Stellen sie sich vor, Marie zu sein und versuchen Sie sich in sie hineinzuversetzen. Ich werde ihnen etwas aus ihrem Leben erzählen, und zwar so, als spräche ich direkt zu ihr. Wenn ihre Seele mir zuhört, wird sie sich vielleicht an ihren Körper und ihren Lebensauftrag erinnern und daran, dass er noch nicht erfüllt ist. Wir müssten uns dafür natürlich duzen, wenn ihnen das nichts ausmacht…«

Irma lachte. »Im Gegenteil, ich hasse Förmlichkeiten. Tu dir keinen Zwang an!«

Ja genau, flirte ein bisschen mit ihm, Baby! Ihr Unterbewusstsein fing schon mal an, sich die Bluse aufzuknöpfen.

Er entspannte sich sichtlich. »Dein Lachen tut so gut«, sagte er. »Ich hatte schon fast vergessen, wie sich Lachen anfühlt.«

Eine Art Vertrautheit machte sich in ihr breit und sie ließ es zu, versuchte sich ganz in Marie hineinzuversetzen.

Zögernd begann er:

»Marie, du musst dich an dein Leben erinnern. Du hast vergessen, worum es im Leben geht. Du bist hier, um zu lernen und ebendies kann manchmal schmerzhaft sein. Jeden Tag Erfahrungen machen, immer wieder etwas Neues ausprobieren und Entscheidungen treffen. Das ist Leben. Ich weiß, in der Vollkommenheit gibt es keine Schmerzen und kein Leid, doch es gibt auch keine Freude. Alles ist eins. Dahin gehen wir alle irgendwann, aber für dich ist es noch zu früh. Wir haben eine so wundervolle Zeit zusammen gehabt. Weißt du noch, wie wir sagten, wir werden uns niemals verlieren? Weil wir eins sind. Erinnerst du dich?«

Irma konnte nicht sprechen. Sie hatte das Gefühl, neben sich zu stehen und die Szene von außerhalb zu beobachten. Angst kam in ihr auf, doch sie versuchte sich zu konzentrieren und zu öffnen, als Pierre weitersprach.

»Du musst nichts sagen. Hör mir bloß zu. Wir kennen uns erst seit einem Jahr, aber noch nie begegnete mir ein Mensch, der das Leben so in sich aufsaugt, wie du. Du hast Freude am Klang der Sprache und an der Stille der Nacht. Du kannst dich voller Hingabe in eine Menschenmasse stürzen oder auf dem Gipfel eines Berges meditieren. Ich habe dich selbstkritisch erfahren und stur, selbstbewusst und unsicher. Du weißt genau, was du willst und stehst doch oftmals zwischen den Stühlen. Und ich sage dir, du bist genau auf dem richtigen Weg. Nur durch die Polarität findest du zu deiner Mitte. Geh diesen Weg weiter und lebe die Polarität. Lerne die Menschen kennen und erkenne dich in ihnen.«

Pierre hielt inne und überlegte. Hatte er jetzt nicht etwas zu dick aufgetragen? Würde sie das nicht eher abschrecken?

Er machte eine kurze Pause und erforschte ihren Blick. Jetzt gab es kein Zurück mehr. Er musste es weiter versuchen. Von Marie erzählen. Von den vergangenen zwölf Monaten, die er mit ihr verbracht hatte.

»Weißt du noch, wie wir uns das erste Mal begegnet sind? Es war auf einer Kunstausstellung von deiner früheren Schulkameradin. Ihre Werke waren so unglaublich monoton und nichtssagend, dass selbst die langweiligsten unter den Betrachtern sich schwertaten, das Motto ›Anonymität in der Großstadt‹ darin wiederzufinden. Du standest vor einem quadratischen, uni-grauen Bild und schienst völlig vertieft in die Thematik. Auf meine Frage, was dich denn gerade an diesem Bild so fasziniere, fiel dir fast das Glas aus der Hand, weil du schon relativ betrunken und mit deinen Gedanken in Wirklichkeit ganz woanders warst. Trotzdem hast du dir nichts anmerken lassen und in einem trockenen Tonfall bemerkt: ›Wissen sie, dieses Bild spiegelt in sehr eindrucksvoller Weise das außerordentlich ungestüme Temperament der Künstlerin wider. Sehen sie das nicht auch so?‹

Auf meine Antwort hin, dass mich eher die intensive Farbkomposition und die ungewöhnliche Tiefe des Werkes beeindruckten, brachen wir beide in lautes Lachen aus und beschlossen, für den Tag genug Kultur genossen zu haben und lieber irgendwo etwas trinken zu gehen.

Ich werde diesen Abend nie vergessen. Wir haben so viel gelacht.«

Einen Moment lang schwieg er und ließ seine Erzählung auf sie wirken.

Irma hatte die Szene so lebendig vor sich gesehen, als habe sie sie selbst erlebt. Die riesige, loftartige Galerie mit ihren hohen Decken und tristen grauen Betonwänden. An jeder dieser wuchtigen, fast einschüchternden Wände ein im Verhältnis winzig wirkendes Bild, ohne Farbe und ohne jedes Motiv. Das Eintrittsgeld hätte sie sich wirklich sparen können! Sie konnte die kalte, zugige Atmosphäre spüren und genau nachempfinden, wie sich Marie auf den ersten Blick in diesen Mann verliebt hatte, von dem eine Wärme ausging, die ihr körperlich guttat. Nur langsam fand sie aus seiner Erzählung in die Wirklichkeit zurück.

Sie waren jetzt schon ein Stück weit gegangen und liefen an einer kleinen Kirche vorbei. Irma kam eine Idee.

»Wir könnten eine Kerze anzünden …«

Ihr könntet auch ein Opferlamm schlachten oder eine Voodoo-Puppe basteln!

Pierre grinste. »Ja, das können wir tun. Komm mit.«

Sie betraten das Innere des Gotteshauses. Es war kein Mensch dort außer ihnen. Das durch die bunten Fenster einstrahlende Sonnenlicht schillerte in allen Farben und tauchte den Raum in eine märchenhafte Atmosphäre. Ergriffen liefen sie schweigend durch die Reihen der alten Holzbänke, während nur das Geräusch ihrer Schritte auf dem steinernen Boden die Stille durchbrach. Ein Geruch von Weihrauch und altem Holz erfüllte die Luft.

Pierre nahm eine Kerze und hielt sie mit dem Docht an eine der vielen schon brennenden. Für einen Moment loderte die Flamme heller auf und wurde größer, dann kehrte sie zu ihrer anfänglichen Größe zurück und eine neue Flamme war geboren. Irma hatte das noch nie so bewusst beobachtet. Es war wie ein kleines Wunder. Wortlos legte sie ihre Hand auf die seine und gemeinsam steckten sie die neu entzündete Kerze zu den anderen in die Halterung.

Erst als sie wieder ins Freie traten, ließ er ihre Hand los.

»Glaubst du wirklich daran, dass es etwas bewirkt?«, fragte sie.

»Ja, das tue ich«, antwortete er. »Aber nicht in dem Sinne, wie die katholische Kirche es sich vorstellt. Ich glaube nicht daran, dass Gott als eine Art übergeordnete, allmächtige Person agiert und wenn man besonders fromm und artig ist, werden Wünsche und Sehnsüchte vielleicht erfüllt. Ich glaube wir alle sind ein Teil von Gott und können allein durch unsere Gedanken sehr viel bewirken. Jeder Gedanke, den wir denken, ist eine Art Energie und diese Energie verursacht eine Änderung in unserem Leben. Sähe auf der geistigen Ebene eine Ursache und du erntest auf der materiellen Ebene die Wirkung.«

»Wenn das so ist, wieso haben wir dann eine Kerze angezündet? Es hätte doch die gute Absicht genügt?«

Er lächelte. »Ganz einfach: Je mehr Energie du investierst, desto größer gestaltet sich die Wirkung. Wenn du etwas erreichen willst, denke intensiv daran, stell es dir vor deinem geistigen Auge vor, sprich es laut aus, und unterstütze es durch Taten. Je mehr Energie du für deine Zwecke investierst, desto besser. Wichtig ist, dass du vom Erfolg überzeugt bist. Bist du an einem kleinen Experiment interessiert?«

Sie hob fragend die Augenbrauen.

»Pass auf. Siehst du den Vogel dort vor uns? Den kleinen Spatz? Ich wette, er fliegt auf mein Pfeifen weg.«

Er pfiff leise durch die Zähne und der Vogel flog auf und davon.

Irma lachte. »Kunststück. Dein Pfeifen hat ihn erschreckt.«

»Gut, dann drehen wir den Spieß einmal um. Ich pfeife und er kommt zurück.«

»Klar.«

Pierre wiederholte den Pfeifton, worauf der Spatz wie aus dem Nichts wieder auftauchte und sich ein paar Meter von ihnen entfernt auf dem Boden niederließ.

»Okay, hast du immer ein dressiertes Vögelchen dabei, um unschuldige Frauen zu beeindrucken?«

Pierre zwinkerte ihr zu. »Schade, sonst funktioniert die Masche immer... Nein, im Ernst: Das kannst du auch. Probiere es. Stell dir im Geiste vor, was der Vogel macht. Oder suche dir etwas anderes aus, vielleicht das Eichhörnchen da vorne?« Auf der großen Buche, die neben ihnen emporragte, bewegte sich ein rötlicher Schatten.

»Also gut«, sagte sie amüsiert. »Dann soll es herkommen.«

Konzentriert versuchte sie sich bildlich vorzustellen, wie das Tierchen am Stamm hinunterkletterte und auf sie zu kam.

Der kleine Nager schien zunächst völlig unbeeindruckt von der Sache und hüpfte munter weiter von Ast zu Ast. Doch so schnell wollte sie sich nicht geschlagen geben. Sie schloss die Augen und schuf sich ein klares geistiges Bild von dem Eichhörnchen, das über den Boden in ihre Richtung lief. Sie hatte keine Ahnung, wie viel Zeit vergangen war, als Pierre sie sacht am Arm berührte. Langsam öffnete sie die Lider und konnte es kaum fassen: Ein rotes Fellknäuel bewegte sich auf ihre Füße zu, hielt in etwa einem Meter Abstand kurz inne und schaute sie neugierig mit seinen zwei kleinen Knopfaugen an, bevor es sich zielstrebig in Richtung des nächsten Baumes bewegte, um wieder aus ihrem Sichtfeld zu verschwinden.

»Na«, fragte er lachend, »habe ich dich überzeugt?«

Sie nickte überwältigt. »Das ist unglaublich! Es ist… als sei ich Gott!«

»So ist es«, entgegnete er. »In jedem von uns steckt ein Teil von Gott. In allem, was Ist. Das ist es, was uns alle verbindet«

Langsam setzten sie sich wieder in Bewegung. Irma war sich nicht sicher, ob das für ihre Begriffe nicht doch wieder etwas zu viel Spiritualität war.

»Dann glaubst du, Marie wird es schaffen?«, fragte sie vorsichtig.

»Ich weiß es. Aber sie braucht dabei ein wenig Unterstützung, wenn du so willst. Sie mag vielleicht noch etwas… verwirrt sein.« Seine Augen strahlten sie unentwegt an und raubten ihr fast den Verstand.

Irma wurde nachdenklich. Auf einmal war sie gar nicht mehr überzeugt davon das richtige zu tun. Was machte sie hier eigentlich? Sie war offensichtlich gerade dabei, sich in den Mann zu verlieben, dem sie helfen wollte seine Freundin zu retten. Was, wenn Marie morgen aufwachte und wieder gesund würde? Würde er dann einfach sagen ›Danke für deine Hilfe, aber ich brauche dich jetzt nicht mehr‹? Sie hatte von Anfang an das Gefühl gehabt, dass er sich auch zu ihr hingezogen fühlte. Bildete sie sich das nur ein? War sein Händedruck nicht unglaublich sanft gewesen? Oder brauchte er sie nur für etwas Trost und Unterstützung, um nicht zu verzweifeln?

Pierres Stimme riss sie aus ihren Gedanken.

»Ist alles in Ordnung mit dir?«

»Ja, entschuldige, ich habe nur gerade über etwas nachgedacht.« Sie brauchte einen Augenblick, um sich zu sammeln. Dann nahm sie ihren Mut zusammen und stellte die Frage, die die ganze Zeit in ihr brannte.

»Wieso ich? Wieso konntest du dir nicht irgendjemanden aussuchen, der gegen deinen Charme immun ist? Ich meine… Was habe ich eigentlich mit der ganzen Geschichte zu tun? Warum tue ich das überhaupt? Beantworte mir bitte eine Frage: Hast du mich gezielt ausgesucht oder war ich einfach die Erstbeste, die dir über den Weg gelaufen ist?«

Er fühlte sich sichtlich unbehaglich.

»Marie, ich…«

»Ich heiße Irma!« Ihre Stimme wurde ein bisschen zu laut und ließ einige Tauben, die sich in der Hoffnung auf ein paar Brotkrumen um sie versammelt hatten, verängstigt auffliegen.

Pierre fasste sie bei den Schultern und sah ihr in die Augen.

»Entschuldige. Das habe ich nicht gewollt. Es ist im Moment auch für mich nicht so leicht, meine Gefühle in den Griff zu bekommen. Es ist einfach eine sehr komplizierte Situation. Und um auf deine Frage zu antworten: Du hast mich angesprochen…« Er versuchte ein Lächeln.

Peinlich berührt senkte Irma den Kopf. Warum war sie nur immer so impulsiv? Wahrscheinlich würde er das ganze jetzt beenden wollen. Panikartig suchte sie nach einer Möglichkeit, die Situation in eine positive Richtung zu lenken. Irgendetwas in ihr wollte ihn auf keinen Fall verlieren.

»Hör zu«, sagte er, »wir beide sind, wie ich finde, ein gutes Team und ich glaube, wir haben hier so eine Art Auftrag zu erfüllen. Aber wir sollten nicht zu verbissen an die Sache heran gehen.« Er überlegte. »Das Leben ist doch im

Grunde ein Spiel. Ich stelle mir das Ganze in etwa so vor: Die Spieler sind vollkommene Seelen, die endlich einmal etwas erleben wollen. Denn das geht in der Vollkommenheit nicht. Man kennt bereits alles, weiß schon alles, kann schon alles. In der Vollkommenheit gibt es keine Gefühle, kein Leid, keinen Verlust, aber auch keine Freude Es gibt noch nicht einmal Zeit. Du kannst nichts und niemanden verlieren, bleibst mit allem stetig verbunden. Es ist langweilig. Das ist der Grund, aus dem wir hier sind. Um Herausforderungen und Aufgaben, die wir uns selbst gestellt haben, anzunehmen. Spiel das Spiel des Lebens, anstatt in allem ein Problem zu suchen! Lass dich vom Leben führen! Du kannst weder verlieren noch gewinnen, denn du gehst sowieso irgendwann wieder zurück in die Vollkommenheit.«

Irma schaute zu ihm auf. War für ihn wirklich alles so einfach?

»Was ist, wenn ich eine Aufgabe nicht bewältige, eine Prüfung nicht bestehe?«, fragte sie.

»Dann fängst du wieder von vorne an. Du bekommst eine neue Chance - so viele du willst. Das Spiel endet erst dann, wenn der Letzte angekommen ist. Manche spielen anfänglich noch sehr aggressiv, sind immerzu damit beschäftigt, die anderen zu behindern, um selber besser da zu stehen und schneller ans Ziel zu gelangen. Sie haben noch nicht begriffen, dass wir alle zur selben Mannschaft gehören.« Er blieb stehen, sah sie an und nahm sie in den Arm. »Die Menschen halten immer so viel Abstand voneinander. Gerade diejenigen, die sich am meisten absondern, brauchen eigentlich am dringendsten etwas Nähe.«

Sie war versucht, sich von ihm frei zu machen und ihm eine schallende Ohrfeige zu verpassen. Was bildete dieser Typ sich eigentlich ein? Dachte er, er bräuchte nur ein wenig über Nächstenliebe zu faseln und alle Frauen lägen ihm zu Füßen?

Ihr Unterbewusstsein hielt spöttisch dagegen: Hey, nicht immer in allem ein Problem sehen! Lass dich vom Leben führen! Genieße es! Du gehst sowieso irgendwann wieder zurück in die Vollkommenheit!

Innerlich zerrissen und total verkrampft hing sie in seinen Armen. *Du blöde sarkastische Kuh! Genau das werde ich jetzt tun! Es genießen!*

Sie verbannte alle Zweifel und aus ihrem Kopf und ließ sich einfach fallen. Ein nie gefühltes Einheitsempfinden stellte sich ein. Es war nicht sexueller Natur, rührte nicht aus einer Verliebtheit. Es war einfach da und fühlte ganz anders an als alles, was sie bisher erlebt hatte.

Das hat er also damit gemeint, als er sagte, alle Menschen seien eins. Eins mit Gott und der Welt. Sie versuchte den Augenblick festzuhalten, doch er verflog wie ein Sonnenstrahl, der kurz ihr Gesicht streifte, bevor er von einer Wolke verdeckt wurde. Zurück blieb ein angenehmes Gefühl von Wärme auf ihrer Haut und das Verlangen nach mehr.

»Lass uns eine Pause machen«, sagte er. »Wir können uns später gern noch einmal treffen. Geh jetzt erstmal nach Hause. Lies ein wenig in dem Tagebuch oder entspann dich und lass unser Gespräch in deinen Gedanken ankommen. Wenn du willst, treffen wir uns um halb fünf wieder hier. Einverstanden?«

Sie nickte nur und schenkte ihm ein Lächeln. Obwohl er nach außen hin extrem stark wirkte, schien er es zu brauchen.

4

Dienstag. Ist es möglich, dass uns zu bestimmten Zeitpunkten im Leben stets das Richtige begegnet? Die Meinungen dazu gehen auseinander. Ich habe mit mehreren Leuten darüber gesprochen. Manche sind der Ansicht, man sei einfach seines eigenen Glückes Schmied und verursache alle Umstände in seinem Leben selbst. Andere Glauben, es gäbe so etwas wie das Schicksal, das alles vorherbestimmt. Ich habe manchmal das Gefühl, mein Leben kommuniziert mit mir. Es fragt mich gewissermaßen, was für mich in diesem Moment gerade stimmig wäre. Es zeigt mir verschiedene Möglichkeiten auf und macht Vorschläge für zukünftige Szenarien. Ich mache mir Gedanken über ein Problem oder auch einfach eine Lebenssituation und bekomme auf mehreren Wegen Lösungsansätze angeboten. Ein Hinweis in einem Gespräch, ein Artikel in der Zeitung. Oft lerne ich in einer schwierigen Situation zufällig jemanden kennen, der die gleiche Erfahrung gemacht hat. Will ich mich auf einem bestimmten Gebiet fortbilden, hagelt es Experten und Informationen von allen Seiten.

Ich glaube mein Leben ist mein Freund.

Durch das Lesen und die Verwirrungen um Pierre und Marie ermüdet, glitt Irma in einen unruhigen Schlaf.

Im Traum fühlte sie, wie ihr schwereloser Körper sich völlig mühelos und rasend schnell durch Raum und Zeit bewegte und war fasziniert von dem Gefühl der Allmacht und der Leichtigkeit.

Mit einem Mal verharrte ihr Körper und Raum und Zeit kamen zum Stillstand. Sie befand sich im Krankenhaus und schwebte über Maries Bett. Klar und deutlich sah sie unter sich den Körper der jungen Frau liegen, vom Unfall gezeichnet. Die Haut wirkte so grau und fahl wie bei einem Leichnam oder einer Untoten. Ja, mit dem Verband um den Kopf sah sie ein bisschen aus wie ein Zombie. Irma war fasziniert und ängstlich zugleich. Irgendetwas zog sie immer tiefer in dieses Zimmer auf das Bett hinunter. Es war, als wolle der Körper sie in sich hinein saugen. Sie versuchte sich mit Händen und Füßen zu wehren, fand aber keinen Widerstand, keine Möglichkeit sich zu halten in der Luft um sie herum. Sie wollte um Hilfe schreien, doch im selben Augenblick wurde ihr klar, dass niemand sie hören würde. Sie hatte ihren Körper verlassen und ihr Seelenkörper besaß keine Stimmbänder mehr und keinen Kehlkopf und was man sonst zum Schreien brauchte. In ihrer Not dachte sie an Pierre. Er musste ihr helfen! Er würde ihre Rufe bestimmt auf der geistigen Ebene wahrnehmen und sie beschützen können. Während sie an ihn dachte, nahm Pierres Körper vor ihrem geistigen Auge Gestalt an.

Das Krankenzimmer verschwand und sie standen sich, in einem seltsam warmen roten Licht, gegenüber. Außerhalb des Lichts konnte sie nichts erkennen.

»Lass Dich fallen«, sagte er. »Geh hinein, gib dem Sog nach. Nur zu, es tut nicht weh.«

Oh nein. Er wollte ihr gar nicht helfen. Er hatte von Anfang an vorgehabt, ihre Seele zu stehlen! Für seine Freundin, die eine neue brauchte! Er wollte sie in diesen ekelhaft bleichen, halbtoten Körper hineinzwängen und ihr auch noch weismachen, es sei ihre Entscheidung. Er hatte sie für seine Zwecke benutzt! Plötzlich setzte der Sog wieder ein. Sie atmete den typischen Geruch von Desinfektionsmittel aus dem Krankenzimmer ein. Pierre schwebte mit ihr durch den Raum und versuchte sie zu bändigen. Ihre schwerelosen Arme und Beine waren in einem wilden Kampf ineinander verflochten. Pausenlos redete er auf sie ein.

»Es ist alles gut. Wehr Dich nicht dagegen. Es ist alles gut…«

Von dem Traum verwirrt und aufgeschreckt, war sie schon viel zu früh wieder auf dem Weg zum Treffpunkt mit Pierre. Ziellos lief sie durch die Straßen und versuchte einen klaren Kopf zu bekommen. Unter einer Brücke blieb ihr Blick an einem Mann mittleren Alters hängen, der dort an die Wand gelehnt auf dem Boden saß und scheinbar schlief. Er trug einen etwas ungepflegten, schon leicht ergrauten Bart und aschblonde halblange Haare, die wild von seinem Kopf abstanden. Seine Kleidung musste einmal teuer gewesen sein, jetzt aber war sie verschlissen und dreckig. Selbst im Schlaf wirkte er gehetzt, unruhig und verängstigt. Irma blieb stehen und fragte sich, was den Mann wohl in diese Situation gebracht haben mochte und was er wohl erlebt hatte. Da sie kein Schild finden konnte, das um Almosen bat und auch kein Gefäß für Kleingeld, nahm sie eine Zwei-Euro-Münze aus ihrem Portemonnaie und steckte sie in die Brusttasche seines Hemdes. Jetzt hältst du dich aber mindestens für Mutter Theresa, oder? Der Penner versäuft doch eh alles sofort! Geh lieber selber mal wieder zum Friseur, bevor du genauso verwahrlost aussiehst!

Irma wurde ärgerlich. Wie lange wollte sie sich noch mit dieser blöden Stimme in sich herumschlagen? Das war doch gar nicht sie. Sie war nicht egoistisch, arrogant, zynisch und sarkastisch, oder etwa doch?

Nein, natürlich nicht, du bist ja Mutter Theresa! Ich bin nur die Stimme von irgendeiner dämlichen Alten, die vorrangig auch mal an sich selbst denkt! Das nennt man gespaltene Persönlichkeit, Süße. Außerdem: Besser egoistisch und arrogant als naiv und weltfremd!

Resigniert ließ sie die Schultern sinken. Sich mit ihrer inneren Stimme anzulegen brachte offenbar nichts. Dazu war sie noch nicht bereit. Dann lieber wieder ignorieren.

Der Mann war inzwischen aufgewacht und aufgestanden und hielt ihr mit spitzen Fingern die Geldmünze entgegen, die er in seiner Hemdtasche gefunden hatte.

»Sagen sie mal, haben sie mir gerade Geld zugesteckt?«

Seine Augen waren weit aufgerissen und sein Gesicht kam ihr bedrohlich nahe. Erschrocken wich Irma einen Schritt zurück. Sofort begriff sie, was passiert war. Sie war fälschlicherweise davon ausgegangen, dass der Mann obdachlos und bedürftig war, weil er ungepflegt wirkte und zerlumpte, schmutzige Kleidung trug. Sie hatte sich angemaßt, aufgrund seiner äußeren Erscheinung Rückschlüsse auf seine Lebenssituation zu ziehen und ihn damit komplett falsch eingeschätzt. Und offensichtlich brüskiert. Hilflos fühlte sie, wie ihr das Blut ins Gesicht stieg.

»Entschuldigung, ich dachte …«

»Ich bin doch kein Bettler! Sie gehören wohl auch zu der Kategorie Menschen, die andere nur nach ihrem Aussehen einschätzen, wie?« Er sah an sich hinunter. »Sehe ich aus wie ein Bettler? Sehe ich aus wie einer, der sich nichts zu essen leisten kann?«

Darauf kannst du deinen Arsch verwetten!

Nun war es an Irma, die Augen zu verdrehen. Unbewusst der Aufforderung nachkommend, ihn sich doch noch einmal genauer anzusehen, musterte sie den Mann von oben bis unten. Dabei fiel ihr auf, dass sie teilweise durch ihn hindurchsehen konnte. Hinter ihm konnte sie die einzelnen Steine der Wand, mitsamt den darauf gesprühten Graffitis, wahrnehmen. Verwirrt kniff sie die Augen zusammen und schüttelte den Kopf. Das musste eine optische Täuschung sein! Sie schaute noch einmal genauer hin, doch nun sah er wieder normal aus. Der Typ, wer oder was auch immer er war, wartete immer noch auf eine Erklärung von ihr. Schon holte er Luft, um zu einer weiteren Schimpftirade anzusetzen, doch sie kam ihm zuvor.

»Haben sie in letzter Zeit mal in einen Spiegel gesehen? Sie sind ja schon genauso bleich, wie die Wand hinter ihnen. Vielleicht kaufen sie sich mal etwas zu essen und nehmen ein Bad.

Wenn sie nicht obdachlos sind sollte das ja kein Problem für sie darstellen und die Leute würden sie auch nicht fälschlicherweise dafür halten. Ich wollte ihnen nur etwas Gutes tun, aber wenn es sie dermaßen kränkt, dann geben sie mir das Geld zurück und schlafen weiter unter ihrer Brücke. Es dauert bestimmt nicht lange, bis der nächste kommt und sie für einen Obdachlosen hält.« Sie hatte völlig ruhig und gelassen gesprochen und war ein wenig stolz auf sich. Auch ihr Unterbewusstsein schien zufrieden zu sein.

Nun war der Mann irritiert. Mit einer derart gefassten, selbstsicheren Reaktion hatte er nicht gerechnet. Irma lächelte und wandte sich ab, um weiter zu gehen, doch er fasste sie am Arm und hielt sie auf.

»Warten sie. « Eine unangenehme Pause entstand. »Ich… Sehe ich wirklich so verwahrlost aus?« Auf einmal wirkte er ängstlich und unsicher. Seine Gesichtszüge lösten sich vor ihren Augen erneut mehr und mehr auf und wirkten regelrecht durchscheinend. Irma fand das allmählich unheimlich. Stimmte mit ihr hier etwas nicht oder mit ihm? Bislang hatte sie noch nie Probleme mit ihren Augen gehabt.

»Sie sehen aus wie ein Geist«, entfuhr es ihr. Das hatte sie eigentlich nicht sagen wollen. Im

Grunde wollte sie nur noch hier weg, aus dieser unmöglichen Situation fliehen und nicht mehr darüber nachdenken müssen.

Wenn du so weiter machst, liefern sie dich wirklich in die Anstalt ein. ›Spricht mit sich selbst und sieht Geister‹.

Schnell versuchte sie sich zu korrigieren: »Ich meine, sie sehen schlecht aus…« Nein, das war auch nicht das Richtige. »Sie sehen müde aus…« Schon besser.

»Ich wollte sie wirklich nicht beleidigen. Es tut mir aufrichtig leid.«

Der Mann hielt sie immer noch fest. Er schien sich nun an sie zu klammern, wie an einen Strohhalm, der ihn vor dem Ertrinken retten könnte. Irma unternahm einen sanften Versuch, sich frei zu machen, doch er bemerkte es gar nicht.

Die zahlreichen Falten auf seiner Stirn wurden zusehends tiefer und - wie Irma mit Schrecken feststellen musste – auch durchsichtiger.

»Sie haben Recht«, sprudelte es aus ihm heraus, »ich habe wirklich kein Zuhause mehr. Das heißt, ich hatte ein Zuhause, aber ich weiß nicht mehr, wo es ist…« Tränen begannen sich einen Weg über sein transparentes Gesicht zu bahnen. »Ich habe eine Frau und zwei Kinder… Caroline und Amélie… Ich kann sie nicht mehr finden…« Geräuschvoll zog er die Nase hoch. »Keiner will mir helfen, kein Mensch will mit mir reden, sie schauen alle durch mich hindurch und ignorieren mich… Ich weiß nicht mehr, was ich tun soll…«

Resigniert ließ er die Hand sinken, mit der er sie festgehalten hatte. Sein Kopf fiel nach vorne auf seine Brust und ein leises Schluchzen ließ seinen Körper erbeben.

»Jetzt denken sie bestimmt, ich sei verrückt und wollen auch nichts mehr mit mir zu tun haben…«

Irma wusste nicht, was sie sagen sollte. Es war ihr unangenehm, einen fremden Mann auf der Straße weinen zu sehen. Ein Teil von ihr wollte ihm helfen, ein anderer wollte nach wie vor nur weg von hier und raus aus dieser peinlichen Situation, die sie nicht verstehen konnte. War er verrückt? War sie verrückt? Oder sie beide? Gab es ihn überhaupt? Oder war er nur so etwas wie eine Erscheinung, die sie sich einbildete? War dies vielleicht wieder einer von ihren seltsamen Träumen?

»Wie ist denn ihr Name?« war das erste, was ihr einfiel.

»Eric« kam die zaghafte Antwort.

»Eric, und wie weiter?«

»Bonnet, ich heiße Eric Bonnet«

Sie seufzte. »Hören sie, Eric, ich glaube nicht, dass ich ihnen helfen kann…« Konnte sie ihm raten, einen Psychologen aufzusuchen oder würde er dann wieder sauer werden? Sie wollte ihn nun ihrerseits mit der Hand an der Schulter berühren, um ihm ihr Mitgefühl zu zeigen, doch ihre Finger konnten keinen Widerstand spüren. Es war, als bestünde sein Körper gar nicht aus Materie. Einen Moment lang war sie zu verdutzt, um zu reagieren, dann erwachte automatisch ihr Fluchtinstinkt. Sie drehte sich hastig um und suchte das Weite. Im Gehen murmelte sie noch etwas wie: »Ich muss jetzt los, ich habe noch einen Termin. Sorry«, dann war sie auf und davon.

Hinter ihr ertönte noch ein- oder zweimal die Stimme von Eric, der sie überzeugen wollte, zurück zu kommen. Dann wurde es still.

Natürlich erwartete Pierre sie bereits. Er saß auf derselben Bank wie beim ersten Treffen, und als sie ihn so dort sitzen sah, hatte sie das Gefühl dieses Bild schon hundertmal gesehen zu haben. Diese Augen, dieses Lächeln…

Mit trockener Kehle würgte sie ein »Hallo« hervor.

Mädchen, so wird das nie was.

»Schön, dich zu sehen«, sagte er während er aufstand, um sie zu begrüßen.

»Pierre, ehrlich gesagt weiß ich nicht, ob ich das noch länger durchhalte. Sieh mal, ich würde euch wirklich gerne helfen, dir und Marie, doch es ist nicht meine Geschichte und sie belastet mich scheinbar mehr als erwartet. Ich bilde mir neuerdings Dinge ein, zweifle an meinem Verstand. Ihr beide spukt bereits durch meine Träume. Und es sind keine guten Träume. Sie machen mir Angst. Vielleicht muss deine Freundin ohne mich ins Leben zurückfinden. Ich glaube nicht, dass ich dabei noch eine große Hilfe sein möchte.«

Für einen kurzen Moment sah sie Verzweiflung in Pierres Augen aufflackern. Im nächsten Augenblick wirkte er aber schon wieder ruhig und gefasst.

»Es ist allein deine Entscheidung« sagte er. »Du kannst jederzeit aufhören. Doch in einem Punkt irrst du dich: Es ist deine Geschichte. Du bist mittendrin. Vielleicht erschließt es sich dir zum jetzigen Zeitpunkt noch nicht, doch deine weitere Entwicklung hängt ganz entscheidend hiervon ab. Denk an die Worte der Wahrsagerin.«

Insgeheim hatte sie gehofft, dass er das sagen würde. Ein Teil von ihr wollte unbedingt die

Verbindung zu Pierre aufrechterhalten. Sie war sich nicht sicher, ob aus selbstloser Hilfsbereitschaft oder eigennütziger Verliebtheit. Jedenfalls gab er ihr das Gefühl, wichtig zu sein. Außerdem fühlte sie sich bei ihm irgendwie geborgen und gut aufgehoben.

»Wieso bist du dir überhaupt so sicher, dass der ganze Zirkus etwas bringt? Woher willst du wissen, ob sie sich in unserer Nähe aufhält oder uns zusieht?«, unternahm sie einen letzten Versuch.

»Sie ist hier, glaub mir.«

»Kannst du sie wahrnehmen?«

»Ich sehe sie so deutlich, wie du mich siehst.«

Irma verschlug es die Sprache. Wer war dieser Mann, dass er mit Seelen kommunizierte? Innerhalb eines Tages hatte sie Erfahrungen mit gedankenlesenden, wahrsagenden und nun auch noch geistersehenden Menschen gemacht. Allmählich kam sie sich vor, als sei sie die Einzige auf diesem Planeten, die keine übersinnlichen Fähigkeiten besaß. Obwohl… Das Erlebnis mit Eric kam ihr in den Sinn.

Pierre hatte sie genau beobachtet. Die Veränderung in ihren Augen war ihm nicht entgangen. Er musste sich jetzt ganz vorsichtig verhalten. Auch wenn ihnen eventuell nicht mehr viel Zeit blieb, durfte nichts überstürzt werden.

Eine Weile verging, während um sie herum die Vögel versuchten durch ein ohrenbetäubendes Spektakel die sich ankündigende Dämmerung aufzuhalten.

Dann drehte Irma sich, wie aus einer Starre erwacht, kopfschüttelnd von ihm weg und fasste sich mit Mittelfinger und Daumen der rechten Hand an die Nasenwurzel. Das machte sie, wenn sie sich entscheiden musste. *Eine dieser typischen Gesten*, dachte Pierre, *die einen Menschen besonders machen und um derentwillen man ihn liebt.*

Geduldig wartete er, bis sie ihre Entscheidung getroffen hatte. Würde er sie jetzt verlieren?

Natürlich konnte Irma das Ganze nicht einfach so abbrechen.

Als erstes musste sie ihm von ihrer Begegnung mit Eric erzählen. Seltsamerweise scheute sie sich vor ihm nicht, über ihre ungewöhnliche Wahrnehmung zu sprechen. Wahrscheinlich, weil auch er gerade zugegeben hatte, so etwas wie eine körperlose Seele sehen zu können oder aber auch, weil sie sich bei ihm sicher und verstanden fühlte. Es tat gut, jemanden zu haben, dem sie sich anvertrauen konnte und der sie nicht direkt für verrückt hielt.

Pierre hörte schweigend zu, bis sie fertig war.

»Ich glaube nicht, dass deine Augen dir einen Streich gespielt haben«, erklärte er dann. »Ich glaube vielmehr, dass dieser Eric auch eine verlorene Seele zwischen den Welten ist, die nicht leben und nicht sterben kann. Er scheint noch gar nicht begriffen zu haben, dass er nicht mehr lebt.«

»Nimmst du Marie denn auch transparent wahr?«

»Nein, normalerweise nicht. Es kommt ein wenig darauf an, wie man seinen Blick fokussiert. Insofern hast du sogar Recht mit deiner Vermutung, es könne an deinen Augen liegen. Hauptsächlich ist es aber wohl abhängig von der Zeitspanne, die die Seele schon außerhalb des Körpers verbracht hat und auch davon, ob der Körper noch existent ist. Vielleicht ist Erics Körper schon vor längerer Zeit begraben worden, er kann sich aber trotzdem noch nicht von dieser Welt lösen. Er scheint sich ja sehr einsam zu fühlen und würde offensichtlich gerne mit anderen Menschen kommunizieren. Wahrscheinlich hat er wirklich noch nicht verstanden, in welchem Zustand er sich befindet.«

»Aber wieso kann ausgerechnet *ich* ihn als Einzige sehen, das ist doch völlig spooky.«

Ihr Unterbewusstsein schnitt eine Grimasse, um ihr Recht zu geben.

»Ich habe keine Ahnung. Ich denke, du bist wahrscheinlich besonders sensibel und hast gerade einen Sinn für solche Dinge. Du spürst ja auch eine starke Verbindung zu Marie.«

»Ja, das stimmt. Aber sie kann ich nicht sehen. Im Gegensatz zu dir. Das ergibt für mich keinen Sinn. Wieso kann ich Eric sehen und sie nicht?«

Darauf hatte er keine Antwort. Er fühlte sich zunehmend in die Ecke gedrängt. Irma war intelligent und hinterfragte alles. Sie ließ sich nicht so einfach beeinflussen, wie er gedacht hatte. Die ganze Sache verkomplizierte sich und er war sich auf einmal nicht mehr sicher, ob er überhaupt das Richtige tat. Er konnte sich selbst schon nicht mehr leiden. Würde dieses wachsende Lügenkonstrukt am Ende aufgehen oder wurde es allmählich zu einem gordischen Knoten, der sich mehr und mehr zusammenzog und sich irgendwann gar nicht mehr lösen ließe?

»Ich weiß es doch auch nicht«, sagte er. Er war genervt von sich selbst, von der Situation und von der unnützen Komplikation mit Eric. Musste das jetzt auch noch sein? Musste sie ausgerechnet jetzt noch einer abgewrackten, kaputten Seele begegnen, die ihren Weg verloren hatte? Leise fluchte er vor sich hin.

Sofort fühlte sich Irma wieder schuldig. Ihre Begegnung mit Eric war nun wirklich nicht sein Problem. Sie sollten sich auf Marie konzentrieren. Woher ihre plötzlich einsetzende übersinnliche Wahrnehmung kam, konnte sie später ergründen. Wer weiß, vielleicht ließe sich das ja noch beruflich nutzen. Diese Germaine schien doch gar nicht schlecht davon leben zu können. Vor ihrem geistigen Auge sah sie sich schon in wallenden bunten Gewändern vor einer Kristallkugel sitzen.

»Also gut, darüber kann ich mir später immer noch den Kopf zerbrechen. Lass uns jetzt erst einmal über Marie sprechen. Ich würde wirklich gerne herausfinden, worin die Verbindung zwischen uns besteht. Kannst du mir da irgendwie weiterhelfen? Hat sie mal von mir gesprochen; gibt es irgendwelche Parallelen zwischen uns? Du kennst sie doch gut. Vielleicht erzählst du mir einfach von der Zeit mit ihr und wie sie so war… ich meine, wie sie ist…« Sofort schoss ihr die Röte ins Gesicht.

Ooops, das Fettnäpfchen hättest du vielleicht besser ausgelassen...

Doch Pierre war so erleichtert über die un-vorhergesehene Wendung des Gesprächs, dass er den Fauxpas gar nicht registrierte. Er lächelte sie an und ordnete seine Gedanken, um ihr von der glücklichsten Zeit seines Lebens zu berichten.

5

»Und wer von euch hat die Wette gewonnen?«, fragte sie lachend. So viel Spaß hatte sie lange nicht mehr gehabt. Den ganzen Abend schon erzählte ihr Pierre von seiner Zeit mit Marie, wobei er es verstand, besonders die witzigen und die schönen Momente hervorzuheben. Ihre Laune hatte sich erheblich gebessert. Er war ein sehr guter Geschichtenerzähler.

»Was denkst du?«

»Naja, deinem siegessicheren Gesichtsausdruck zufolge ist das nicht schwer zu erraten!«

Er grinste. Sie war wirklich entzückend. Doch ihre momentane Situation schien sie noch nicht begriffen zu haben. Er beschloss, einen neuen Vorstoß zu wagen.

»Was hältst du davon, ins Kino zu gehen? Im Saint-Lazaire-Pasquier läuft um neun Uhr die alte Version von `Harold and Maude´ in Original mit Untertiteln. Marie hat diesen Film geliebt. Es war so etwas wie ein Kultfilm für sie…«

Mit einem lauten Zischen ließ ihr Unterbewusstsein die Luft aus ihren Lungen entweichen. Wird er denn nie aufhören, von seiner Ex zu sprechen?

»Du meinst, wir könnten ein wenig Spaß haben und gleichzeitig an deinem Projekt arbeiten?«

»An unserem Projekt«, korrigierte er. »Du solltest dich langsam damit abfinden, dass du voll mit drinhängst.«

Unwillkürlich musste sie lachen. Eine solch flapsige Ausdrucksweise passte gar nicht zu ihm.

»Na hör mal! Marie hat dich in ihrem Tagebuch als einen extrem sprach-kultivierten, auf seine Wortwahl bedachten Menschen beschrieben. ›Voll mit drinhängen‹ hört sich für mich nicht gerade wie die Crème-de-la-Crème der französischen Sprache an«, stichelte sie.

»Oh, das muss gewesen sein, bevor diese Welle von ungebildeten und meinungslosen Kleinbourgeoisie-Sprösslingen über mein Leben hereinbrach…«

»Bist du Lehrer?«, fragte sie interessiert. Über ihn hatten sie bislang kaum gesprochen.

»Ich habe Französisch und Englisch unterrichtet« erzählte er wehmütig. »Versuch mal, einen Pulk von sechzehnjährigen, lebenshungrigen, egozentrischen Halbstarken für französische Lyrik des zwanzigsten Jahrhunderts zu begeistern. Zumindest ein paar halbwegs coole

Ausdrücke musst du im Repertoire haben, um überhaupt bis zu ihnen vorzudringen.«

Wieder hatte er sie zum Lachen gebracht. Irma nickte zustimmend und beschloss, auch den Rest des Abends mit ihm zu verbringen.

Auf dem Weg zum Kino, versuchte sie das Gespräch wieder aufzunehmen.

»Unterrichtest du momentan nicht mehr?«

Pierre zögerte. »Nein, leider nicht.«

Sie wartete auf eine Erklärung, doch er schwieg.

»Warum nicht?«, hakte sie nach einer Weile nach.

»Nach dem Unfall brauchte ich erst einmal eine Auszeit.«, log er, in der Hoffnung, sie würde sich damit zufriedengeben.

»Wie lange ist der Unfall denn schon her?« Unwillkürlich war sie davon ausgegangen, der Zustand von Marie sei noch ganz neu.

»Morgen sind es vier Wochen«, entgegnete er, »Du hast recht lange gebraucht, um zu mir zu finden.«

»Wie meinst du das? Ich dachte, wir seien uns zufällig begegnet…« Nun fing er schon wieder an, in Rätseln zu sprechen.

»Es gibt keine Zufälle, Irma. Glaub mir, du bist in dieser Geschichte die Schlüsselperson.

Ohne dich brauche ich es gar nicht zu versuchen.«

Sie stiegen aus der Metro. Verwirrt ließ Irma sich von ihm über den Bürgersteig führen, nachdem er seine Hand schützend auf ihren Rücken gelegt hatte. Sie fühlte sich so gut in seiner Nähe. Seine Berührung wirkte beruhigend und seltsam vertraut.

Im Kino wollte sie geradewegs die Kasse ansteuern, doch er führte sie mit festem Schritt daran vorbei.

»Wir müssen nicht bezahlen. Marie und ich sind Dauerkunden hier und haben freien Eintritt.«, sagte er erklärend.

»Und ich?« Die Frage hatte gerade ihre Lippen verlassen, als ihr klar wurde, dass man sie wahrscheinlich für Marie hielt. Pierre sah sie an. »Sehe ich ihr sehr ähnlich?« Aufgrund des Verbands hatte sie Maries Gesicht im Krankenhaus ja nicht erkennen können …

»Fast wie ein Ebenbild. Entschuldige, wenn ich deshalb manchmal zu intim werde. Du verwirrst mich und ich fühle mich dir zuweilen schon sehr verbunden.«

Daran hatte sie erst einmal zu knabbern. Gut, dass der Saal bereits mit Menschen gefüllt war und der Film gerade anfing.

Eilig suchten sie sich ein paar freie Plätze und ließen sich nieder.

Es war schon spät, als Irma den Heimweg antrat. Pierre hatte noch vorgeschlagen sie nach Hause zu bringen, doch sie hatte abgelehnt - sehr zum Missfallen ihres Unterbewusstseins. Angst im Dunkeln oder davor, als Frau allein in Paris unterwegs zu sein, hatte sie noch nie gehabt. Außerdem wollte sie die Gelegenheit nutzen, um noch einmal unter der Brücke vorbei zu schauen, wo sie heute Nachmittag Eric getroffen hatte. Diese seltsame Erfahrung ließ sie nicht los und sie hatte vor, der Sache auf den Grund zu gehen. Gefährlich war dieser kleine durchsichtige Kauz bestimmt nicht, sonst hätte sich das bereits beim ersten Mal gezeigt. Sie war davon überzeugt, dass er keiner Fliege etwas zuleide tun konnte. Vielleicht war er ja auch schon gar nicht mehr dort, vielleicht hatte er letztendlich nach Hause gefunden, oder er hatte sich anderswo niedergelassen. Wer wusste das schon?

Eric war noch dort. Wie ein Déjà-vu breitete sich das Bild des friedlich schlafenden Mannes vor ihren Augen aus.

Er saß genau an der gleichen Stelle und in der gleichen Position, wie am Nachmittag und schon von weitem konnte sie seine Transparenz wahrnehmen. Doch diesmal war sie darauf vorbereitet, es machte ihr keine Angst mehr.

Eine Weile stand sie unschlüssig von ihm und überlegte, ob sie ihn wecken sollte. Dann fasste sie sich ein Herz und berührte ihn leicht an der Schulter. Erstaunlicherweise konnte sie das, ohne dass ihre Hand durch ihn hindurchgriff.

»Eric?«, sprach sie ihn leise an, »wachen sie auf, Eric!«

Ruckartig riss er die Augen auf und dann war er auch schon auf den Beinen. Sein ganzer Körper schien in Alarmbereitschaft zu sein. Durch die Wucht seiner Reaktion erschrocken, sprang auch Irma einen Meter zurück und landete unsanft auf dem Hosenboden.

»Was ist los? Wo bin ich? Was wollen sie von mir? Lassen sie mich in Ruhe!« Er schien wie gehetzt, auf der Flucht.

Das fängt ja schon wieder gut an! Eine spitzen Idee, ihn noch einmal aufzusuchen!

»Halt mal die Luft an«, sagte sie, während sie sich aufrappelte. Dabei war sie sich nicht sicher, ob sie mit ihm oder ihrem Unterbewusstsein sprach.

»Ich heiße Irma, wir haben uns vorhin schon einmal getroffen. Es tut mir leid, dass ich so schnell wieder verschwunden bin. Ich wollte mich nur vergewissern, dass es ihnen gut geht.«

Keine Reaktion. Er sah sie nur verdutzt und noch etwas misstrauisch an.

»Sind sie ok?«

Ganz langsam erschien nun wieder dieser kindliche Ausdruck in seinen Augen, als er sie erkannte. Wie bei einem kleinen Jungen, der seine Mutter verloren und dann nach langer Suche endlich wiedergefunden hatte. Er tat ihr unglaublich leid und ihr wurde bewusst, wie einsam er sich gefühlt haben musste.

»Sie sind zurückgekommen.«, sagte er erleichtert. Er schien es kaum fassen zu können.

Die Hoffnung in seinen Augen brachte sie zum Lächeln.

»Ja, ich bin zurückgekommen.«

Ein Moment verstrich. Eric räusperte sich. Anscheinend suchte er nach den richtigen Worten.

»Ich wollte sie nicht erschrecken, vorhin«, begann er zögerlich, »Ich war nur so froh, dass jemand mit mir spricht, wissen sie? Ich bin wohl ein bisschen aus der Übung mit meinen Umgangsformen…«

Nach einer Weile fuhr er fort: »Mein Name ist Eric Bonnet… Ich bin auf der Suche nach meiner Familie.«

Als sie ihn ermunterte, weiter zu erzählen, berichtete er ihr Stück für Stück aus seinem Leben - von seiner Frau und den zwei Töchtern, zehn und zwölf Jahre alt, von seinem Beruf als Schmied, wie sie sich zusammen ein kleines Haus gekauft hatten. Er konnte sich an alles erinnern bis zu dem Zeitpunkt, als er von einem Tag auf den anderen alles verloren hatte.

Inzwischen hatten sie es sich beide auf dem Boden gemütlich gemacht. Gentlemanlike hatte er seine Jacke für sie ausgebreitet, damit sie nicht auf den kalten Steinen sitzen musste.

»Ich weiß nicht mehr was passiert ist. Ich weiß nur, dass sie auf einmal alle weg waren. Oder ich war weg. Es fühlt sich an, als hätte jemand alle Menschen, die mir lieb waren, aus meinem Leben entfernt...«

Tatsächlich hatte er sich im Laufe der Zeit alle möglichen Verschwörungstheorien zurechtgelegt: Man hatte ihn entführt. Oder seine Familie entführt und versklavt. Oder seine Erinnerung wurde gelöscht, man hatte ihm Drogen verabreicht, wollte ihn zermürben, erpressen und von der Welt abkapseln.

Was für ein Spinner! Sieh bloß zu, dass du hier wegkommst!

Doch Irma wollte nicht noch einmal davonlaufen. Sie überlegte, was sie für ihn tun konnte.

Zunächst musste sie ihm irgendwie beibringen, dass er wahrscheinlich nicht mehr am Leben war.

Aber vorsichtig. Sonst würde er nur eine weitere Verschwörung dahinter vermuten.

»Haben sie Angst vor dem Tod?«

Das nennst du vorsichtig?

Ein wenig verdutzt hielt Eric inne und zog die Stirn kraus.

Erneut erschien ein Anflug des gehetzten Ausdrucks in seinem Gesicht.

»Woher wissen sie das?«

»Es war nur eine Frage…«

Einen Moment dachte er nach, dann erwiderte er mit fester Stimme:

»Wissen sie, Epikur hat einmal gesagt: ›Gewöhne dich daran, zu glauben, dass der Tod keine Bedeutung für uns hat. Denn alles, was gut ist und alles, was schlecht ist, ist Sache der Wahrnehmung. Der Verlust der Wahrnehmung aber, ist der Tod… das schauerlichste Übel also, der Tod, geht uns nichts an, denn solange wir existieren, ist der Tod nicht da und wenn aber der Tod da ist, dann sind wir nicht da.‹«

Ihrem Unterbewusstsein und ihr klappten gleichzeitig die Unterkiefer herunter.

Da von Irmas Seite nichts kam, redete er weiter.

»Eigentlich haben wir nicht Angst vor dem Tod, sondern vor dem Nichts, vor dem Nichtsein, dem Nicht-wahrnehmen.«

Der Typ hält sich wohl für Shakespeare! Sein oder nicht sein... Jetzt hatte sie ihren spöttischen Humor wiedergefunden.

Tatsächlich schien Philosophie genau sein Thema zu sein.

»Deswegen sind wir so empfänglich für Religionen und Sekten und legen uns zahlreiche Theorien zurecht, die uns suggerieren, dass die Wahrnehmung nicht mit dem Tod endet und wir nur in eine andere Form übergehen. «, fuhr er fort. »Selbst Platon und einige andere große Philosophen beschrieben den Tod als eine befreiende Ablösung der Seele vom Körper… Andererseits sprach Empedokles wiederum nur von einer Vermischung und Entmischung von Stoffgruppen. Die Frage, was der Tod ist, was er wirklich bedeutet, wird wohl nie wirklich geklärt werden… Zumindest nicht von uns Lebenden. Und diejenigen, die behaupten, mit den Toten kommunizieren zu können… Also wenn sie mich fragen, sind das alles Spinner und Betrüger!«

Jetzt wird es aber spannend! Wolltest du ihm nicht gerade beibringen, dass er ein Geist ist?

Doch so schnell gab Irma nicht auf.

»Das war gar nicht meine Frage«, entgegnete sie, »Es ist ja schön und gut, dass sie mir erklären können, was der Tod ist oder wie irgendwelche berühmten Philosophen dazu stehen. Ich wollte aber lediglich wissen, ob sie Angst davor haben. Begründet oder unbegründet, das spielt keine Rolle.«

Sie schaute ihm direkt in die transparenten blauen Augen.

»Ich glaube, sie weichen mir mutwillig aus, um nicht zugeben zu müssen, dass sie sich vor Angst in die Hose machen!«

Das hatte gesessen.

»Na hören sie mal!«

»Ist es so oder nicht?«, provozierte sie weiter.

Jetzt brach seine Mauer der Abwehr zusammen.

»Sie haben Recht«, gab er seufzend zu, »Ich kann mir einfach nicht vorstellen, nicht mehr da zu sein… Ich meine, man sieht sich selbst doch automatisch als Mittelpunkt der eigenen Welt, und wenn da nichts mehr ist…«

»Haben sie denn eher Angst davor, keinen Körper mehr zu haben, oder keine Seele zu besitzen? Oder fürchten sie sich eher, geistig nicht mehr zu existieren und nicht mehr denken zu können?«

»Ich weiß es nicht. Vielleicht ist es eine Kombination aus allem. Der Tod erscheint mir einfach so undenkbar, so abstrakt... Was ist mit ihnen? Können sie sich damit anfreunden, sterblich zu sein?«

Irma fluchte innerlich. Eigentlich wollte sie gar nicht über sich selbst nachdenken.

Siehst du, das hast nun du davon. Wenn du dich in anderer Leute Angelegenheiten mischst, mischen sie sich auch in deine.

Sie atmete tief durch. Dann schürzte sie die Lippen und ging kurz in sich, um eine Antwort zu finden.

»Ja, vielleicht, wenn meine Zeit gekommen ist. Ich meine, ich hätte eher Angst, nicht mehr zu schaffen, was ich mir im Leben vorgenommen habe...« Sie dachte an ihr Gespräch mit Pierre über das Spiel des Lebens. »Ich habe eher Angst, nicht gut genug zu sein, mich nicht genug zum Positiven entwickelt zu haben«, gestand sie.

Eric nickte. Das konnte er scheinbar nachempfinden.

Einen Moment war es still.

»Ich glaube, das Schlimmste für mich wäre, meine Familie zu verlieren... Wenn ich sie nicht schon verloren hätte...«

Jetzt traten Tränen in seine Augen.

Darüber hatte Irma schon nachgedacht. Wieso konnte er seine Frau und seine Kinder nicht mehr wahrnehmen? Dass sie ihn nicht sehen konnten, weil er ein Geist war, leuchtete ihr ein. Aber wo waren sie? Eric hatte doch offensichtlich lange nach ihnen gesucht und sie nicht gefunden. Die einzige sinnvolle Erklärung war, dass sie auch gestorben waren. Sie mussten alle zusammen ums Leben gekommen sein. Vielleicht bei einem Unfall, durch einen Anschlag oder weiß der Kuckuck. Wahrscheinlich war er als Einziger hier in dieser Dimension hängen geblieben.

»Wieso interessiert sie dieses Thema überhaupt?« Jetzt schwankte er zwischen dem schüchternen Jungen und dem rebellischen, selbstbewussten Mann.

»Das kann ich ihnen sagen.« Sie war heilfroh, nicht mehr über sich sprechen zu müssen. »Ich glaube, ihnen helfen zu können. Ich habe eventuell eine Erklärung für ihre verwirrenden Erfahrungen, für den plötzlichen Verlust ihrer Familie und für ihre Einsamkeit.«

»Na, da bin ich aber gespannt!«

Ich auch! Ihr Unterbewusstsein rieb sich schon die Hände.

»Bitte hören sie mir jetzt einfach zu und versprechen sie mir, nicht gleich auszurasten. Ich will ihnen wirklich nur helfen«, sagte sie. Dabei beobachtete sie intensiv seine durchscheinende Mimik.

»Können sie sich an irgendeine Gefahrensituation erinnern, kurz bevor sie ihre Familie verloren haben? Zum Beispiel einen Unfall, eine Naturkatastrophe oder einen Anschlag?«, fragte sie vorsichtig.

»Sie wollen mir jetzt aber nicht weismachen, dass meine Familie ums Leben gekommen ist und ich es nicht mitbekommen habe, oder?«

»Nein…das heißt, irgendwie schon…« Mein Gott, wieso musste es denn so schwer sein, die richtigen Worte zu finden?

»Ich meine, sie sind… Ihre Seele ist…«

`Jetzt komm mal zum Punkt!`

»Na gut, ich weiß nicht, wie ich es anders sagen soll: Sie sind tot, Eric. Sie sind nur noch nicht in diese andere Dimension übergegangen. Sie hängen noch an der materiellen Welt. Vielleicht, weil sie solche Angst vor dem Tod haben. Vielleicht, weil sie ihre Lieben nicht verlieren wollen. Aber gerade dadurch haben sie sie verloren… glaube ich zumindest. Sie warten dort in der anderen Dimension bestimmt schon auf sie…« Langsam kam sie sich vor wie Pierre, der versuchte, ihr und Marie die Welt zu erklären… *Ihr und Marie?* In diesem Moment traf sie wie der Blitz eine Erkenntnis: Pierre hielt sie wirklich für Marie. Für ihren Geist. Er hatte gesagt, er sähe sie deutlich vor sich. Und hatte *ihr* dabei ins Gesicht gesehen… Ihr blieb die Luft weg. Aber sie hatte keine Zeit mehr, darüber nachzudenken, denn nachdem auch Eric einen Moment lang nach Luft geschnappt hatte, brach er in schallendes Gelächter aus. Schnell verdrängte sie ihre Gedanken.

»Das ist das dämlichste, was ich seit langem gehört habe!«, japste er. »Ich habe mir ja schon abenteuerliche Theorien ausgedacht im Laufe der Zeit, aber d a s… Ich bin ein Geist, der seine Geisterfamilie verloren hat… Hihihi…, wenn es nicht so traurig wäre, wäre es urkomisch!«

Jetzt schnappt er komplett über.

Irma war versucht, aufzustehen und einfach wegzugehen. Sollte er doch alleine damit klarkommen. Es war schließlich nicht ihr Problem. Sie hatte jetzt ganz andere Probleme…

»Und woher wollen sie das überhaupt alles wissen? Studieren sie Geisteswissenschaften?« Er lachte über seinen eigenen Witz.

Jetzt reichte es ihr aber. Sie war hier doch nicht der Pausenclown! Einer plötzlichen Eingebung folgend, streckte Irma die Hand aus und griff beherzt durch Erics Körper hindurch. Sie hatte zwar vermutet, dass es funktionieren würde, doch ein bisschen erschreckte es sie trotzdem.

Schlagartig verstummte das Gelächter. Eric war jetzt nicht nur durchsichtig, er war auch kreidebleich. Schnell zog sie ihre Hand zurück und sah ihn triumphierend an.

Mit offenem Mund und weit aufgerissenen Augen saß er da, unbeweglich. Dann schaute er ungläubig an sich selbst herunter, wieder zu ihr und wieder an sich herunter. Schließlich hob er zitternd seine eigene Hand und wollte damit ebenfalls in sich hineingreifen. Ihn verließ allerdings der Mut und er ließ den Arm wieder sinken. Er wollte etwas sagen, doch kein Ton entwich seiner Kehle. Nun tat es ihr doch leid, ihn derartig überrumpelt zu haben. Betreten wartete sie eine gefühlte Ewigkeit, bis er endlich seine Sprache wiedergefunden hatte.

»Woher wussten sie das?«, brachte er endlich hervor.

»Ich habe sie als transparent empfunden«, erwiderte sie. »Ich kann durch sie hindurchsehen. Bei unserem ersten Treffen hat es mir Angst gemacht. Deshalb bin ich auch so schnell verschwunden. Dann habe ich aber mit einem Freund darüber gesprochen. Der hat es mir erklärt… Und da sie ihre Frau und ihre Kinder hier in dieser Welt nicht finden können, müssen sie logischerweise schon drüben sein.«

So ein schlaues Mädchen!

»Also gibt es doch so etwas wie eine Seele…« Mehr und mehr kam er zur Ruhe und begann zu verstehen, warum er sich so endlos gequält hatte. Warum er so einsam war und ihn alle ignorierten. Dankbarkeit breitete sich in ihm aus. Dankbarkeit dafür, dass ihn nun endlich jemand aus diesem Zustand der Unwissenheit befreit hatte. So lange hatte er darauf gewartet.

»Ja«, sagte sie, gerührt. »Und sie sollten jetzt endlich nach Hause gehen, zu ihrer Familie. Ich glaube, sie sind schon viel zu lange hier.«

Eine Zeit lang saßen sie schweigend nebeneinander auf dem Boden, während die Nacht dem lauen Sommerwind bereits eine erfrischende Kühle verlieh.

»Lassen sie einfach los«, sagte sie einer Eingebung folgend.

Er nickte.

»Wie es wohl sein wird, sie dort zu sehen? Meinen sie ich kann sie so sehen, wie sie früher waren? Und sie mich?« Seine Augen leuchteten.

»Ich weiß es nicht. Sie werden es mir hoffentlich erzählen.«

»Das werde ich.«

6

Eric war irgendwann einfach verschwunden. Zunächst war er immer durchsichtiger geworden und dann hatte er sich buchstäblich in Luft aufgelöst.

Doch der Ausdruck in seinem Gesicht war dabei derart friedlich, dass Irma fast neidisch geworden war.

Jetzt war es an der Zeit, sich mit sich selbst zu beschäftigen. War sie wirklich Marie? War sie auch nur noch ein körperloser Geist, so wie Eric es gewesen war? Hatte sie ihn deswegen sehen können? Irgendwie hatte sie so etwas schon die ganze Zeit geahnt.

Inzwischen war sie wieder zu Hause angekommen und saß auf ihrer geliebten alten Couch, eine Tasse heißen Tees zwischen ihren Händen, als wolle sie sie aufwärmen. Doch ihr war nicht kalt. Den ganzen Abend über hatte sie nicht ein einziges Mal das Gefühl gehabt, zu frieren, obwohl die Nächte inzwischen schon wieder recht frisch wurden. Wie Puzzlestücke fügte sich alles in ihrem Verstand zusammen. Maries Körper, der sie magisch angezogen hatte, die starken Gefühle für Pierre, die Worte von Germaine... *Durch den Tod können sie zu sich selbst zurückfinden...*

Es gab nur eine Möglichkeit, um sicher zu gehen. Sie musste das tun, was Eric sich nicht getraut hatte. Zögerlich löste sie eine Hand von der Teetasse und führte sie in Richtung ihres Bauchraumes. Ihr Magen fühlte sich bereits ganz flau an, bei der Vorstellung dessen, was sie gleich tun würde. Aber es half alles nichts. Es musste sein. Innerlich redete sie sich Mut zu. Bei Eric war es so einfach gewesen… Sie atmete einmal tief ein. Was konnte schon passieren? Außer, dass sie sich einmal kräftig in den Bauch boxte und dann herzhaft darüber würde lachen können, dass sie so dämlich gewesen war, sich für einen Geist zu halten?

Jetzt oder nie! Sie kniff die Augen zusammen und mit einer schnellen Bewegung griff sie zu – und ihre Hand verschwand in ihrem Körper. Erschrocken zog sie sie wieder heraus und ließ den Kopf nach hinten in die Kissen sinken.

Eine Weile saß sie schweigend und geistig abwesend dort, bis sich ihre innere Stimme freudestrahlend meldete:

`Okay, dann kannst du ja jetzt flugs wieder zurück in deinen Körper schlüpfen, und alles ist wieder gut!`

Irma musste unwillkürlich lachen, angesichts von so viel Pragmatismus ihres Unterbewusstseins. Die Alte war doch sonst nicht auf den

Kopf gefallen! Ein paar Puzzlestücke fehlten schon noch. Zum Beispiel, warum sie sich nicht an Pierre und an die gemeinsame Zeit mit ihm erinnern konnte. Und warum sie, oder zumindest ein Teil von ihr, nicht in ihren Körper zurückwollte. Sie konnte die Abneigung dagegen ganz deutlich in sich spüren.

Was mochte sie denn die ganze Zeit daran gehindert haben? War ihre Beziehung mit Pierre doch nicht so harmonisch gewesen? Hatte sie deshalb alles verdrängt? War sie vielleicht depressiv gewesen und wollte sterben? Hatte sie versucht, sich umzubringen? Hatte Pierre die Geschichte mit dem Unfall erfunden? Die Möglichkeit, dass zwei Menschen in demselben Auto verunglücken, der Eine unversehrt und der Andere tödlich verletzt, kam ihr doch sehr unwahrscheinlich vor. Hatte er sie deswegen nicht direkt mit Marie angesprochen, um sie nicht an ihr altes Leben zu erinnern? Wollte er noch einmal von vorne anfangen?

Aber vielleicht hatte der Unfall, oder was auch immer passiert war, einfach eine Amnesie verursacht und nun fand ihre Seele den Tod attraktiver als das Leben. *Wer weiß, was dort auf der anderen Seite auf mich wartet*, dachte sie. *Vielleicht ist es ja wirklich so, als würde man nach Hause kommen. Vielleicht gibt es dort so eine Art Para-*

dies, eine vollkommene Welt. Aber würde sie darin überhaupt leben wollen? Worin bestand dann die Herausforderung? … und sie liebte Herausforderungen!

Das waren noch recht viele offene Fragen. Vielleicht ließen sich ja in dem Tagebuch noch ein paar Hinweise finden. Doch das hatte Zeit bis morgen… Sie war derart müde, dass sie, sobald sie im Bett lag, innerhalb von Sekunden in einen tiefen, traumlosen Schlaf glitt. Morgen früh würde sie als erstes weiter in ihrem Tagebuch lesen.

Mittwoch. Letzte Nacht habe ich vom Sterben geträumt.

Pierre und ich befanden uns in einem wunderbaren hellen Tunnel aus Licht und wärmender Energie. Ich wusste, mein Leben würde jetzt beendet sein, doch etwas noch Größeres, Schöneres würde beginnen. Mit Pierre an meiner Seite strebte ich erwartungsvoll dem Ende des Durchgangs entgegen, wo uns eine tiefe, freundliche Dunkelheit erwartete.

Plötzlich hat sich jedoch sein Händedruck gelöst und eine Sekunde später wurde mir abrupt seine Hand entrissen. Ein starker Sog riss uns in verschiedene Richtungen. Verzweifelt kämpfte ich dagegen an und versuchte, seine Gestalt in dem grellen Licht zu erspähen. Vergeblich! Ich rief seinen Namen und strampelte heftig mit Armen und Beinen, doch schon bald hatte ich jegliche Orientierung verloren. Ich wusste nicht mehr, in welche Richtung ich streben sollte. Halb bewusstlos vor Angst und Sorge trieb ich mal hierhin, mal dorthin. Es gab keine Zeit mehr und keinen Raum. Ein matter Dämmerzustand breitete sich langsam in meinem Kopf aus und verdrängte nach und nach alle Gedanken und Gefühle. Erinnerungen verblassten. Wie lange würde ich noch in diesem Zustand verbleiben? Ich wusste es nicht und es war mir auch egal.

Irma schauderte. Sie schien tatsächlich ihren Zustand vorausgeträumt zu haben. War sie wirklich zwischen zwei Welten gefangen, konnte weder leben noch sterben? Tränen traten in ihre Augen. Kurzentschlossen stand sie vom Sofa auf, streifte schnell eine Jacke über und machte sich auf den Weg zum Krankenhaus.

Monoton piepste die Herzmaschine vor sich hin. In Verbindung mit dem sich stetig hebenden und senkenden Kolben des Atemgeräts hatte das Geräusch etwas sehr Beruhigendes. Irma trat näher an das Bett heran. Sanft griff sie nach der Hand, die auf dem makellos weißen Laken ruhte. Sie fühlte sich genauso leblos an, wie sie aussah.

Plötzlich schnürte sich ihr Hals zusammen, als hätte sich eine unsichtbare Kordel darumgelegt. Sie sah sich in diesem Moment mit ihrem eigenen Tod konfrontiert. Ein Gefühl der Hilflosigkeit übermannte sie und sie wusste nicht, was sie dagegen tun konnte. Würde sie leben oder sterben? Oder wurde sie gerade verrückt? Das konnte doch alles nicht wirklich passieren! Bildete sie sich das alles nur ein? War diese ganze Geschichte ein Auswuchs ihres kranken Gehirns? Wurde sie gerade schizophren? War diese Marie eine zweite Persönlichkeit in ihr? Ihr Kopf fühlte sich an, als würde er jeden Moment explodieren. Ich werde wahnsinnig, dachte sie immer wieder. Ich bin geisteskrank. Ich brauche Hilfe.

Halt suchend schaute sie sich im Raum um, doch da waren nur sie und diese im Koma liegende Person und das ewige Piepen und Zischen der Geräte.

So muss es sich anfühlen, wenn man einen Nervenzusammenbruch erleidet, dachte sie und fasste sich mit beiden Händen an den Kopf, während die Tränen unaufhaltsam aus ihren Augen strömten und ein dumpfes Schluchzen sich ihrer Kehle entrang.

Du blöde Heulsuse, entfuhr es ihrem Unterbewusstsein. Reiß dich zusammen! Doch das nutzte jetzt auch nichts mehr.

Es dauerte lange, bis sie sich imstande fühlte, den Raum einigermaßen aufrecht gehend zu verlassen. Was war nur mit ihr los? Wieso brachte sie das alles so dermaßen aus der Fassung? Es schien doch noch gar nichts verloren zu sein. Wenn sie Pierre glauben konnte, dann wäre der einfachste und beste Weg doch wirklich in ihren Körper zurückzukehren. Zumal sie trotz allem immer noch eine Heidenangst vor dem Sterben hatte...

Doch vorher musste sie noch mehr aus Pierre herausbekommen. Sie wollte Antworten auf ihre vielen Fragen. Er wusste sehr viel mehr, als er ihr erzählt hatte, dessen war sie sich sicher.

Bis zum nächsten Treffen mit ihm hatte sie noch genügend Zeit. Sie konnte sich zu Hause in Ruhe einen Plan zurechtlegen.

7

Irma verließ das Haus ein wenig früher als geplant. Sie wollte noch einen Abstecher zu Madame Crassaud machen, um sich zu vergewissern, dass sie das Treffen mit der seltsamen Dame nicht auch geträumt hatte.

Schon von weitem nahm sie die knallrote Haarpracht im Türeingang wahr, deren Trägerin ihr fröhlich zuwinkte.

»Hallo Engelchen«, rief sie ihr mit der rauchigen, männlichen Stimme entgegen. »Wie schön, dass du mich schon so bald wieder besuchen kommst!«

»Hallo«, sagte Irma verlegen. »Ich wollte noch einmal mit ihnen sprechen, wegen dieser Hinweise, die sie mir gegeben haben...«

Madame Crassaud sah sie mitfühlend an. »Du siehst müde aus, Püppchen, komm doch erst einmal mit herein und erzähl mir, was dir Sorgen macht.«

Der plötzliche Wechsel zum Du vermittelte Irma eine angenehme Wärme und Geborgenheit.

»Nenn mich bitte Germaine. Und lass dich erst einmal in den Arm nehmen, das wird dir guttun. Ein bisschen Energie auftanken. Na komm her.«

Irma sank der Wahrsagerin in die Arme und ließ die aufgestauten Tränen fließen. Nicht schon wieder!

Als der letzte salzige Tropfen auf ihrer Haut getrocknet war, fühlte sie sich zunächst ein wenig verlegen. Doch ganz sachte begann eine leichte Wut auf die üppige Frau, in ihr zu köcheln. Schon wieder hatte ein fremder Mensch sie dazu gebracht, sich zum Affen zu machen. Das war doch lächerlich! Was sollte dieser ganze esoterische Mist eigentlich?

»Also Germaine«, begann sie einigermaßen energisch, »dann lass uns doch jetzt bitte einmal Klartext sprechen. Was hat es auf sich mit deinen mysteriösen Voraussagen? Wie soll ich sie verstehen? Und wer sagt eigentlich, dass ich sie erfüllen muss? Ich könnte mich doch jederzeit für einen neuen Weg entscheiden, oder etwa nicht? Ich kann mir beim besten Willen nicht vorstellen, dass es für jeden ein unabwendbares Schicksal geben soll, das seit allen Zeiten und für alle Zeit unabänderlich feststeht. Dann wären wir doch Marionetten des Schicksals. Arbeiten Leute wie du mit Suggestionen, die uns beeinflussen und in eine bestimmte Richtung drängen sollen? Und wenn ja, warum in aller Herrgotts Namen?« Die letzten Worte waren ein wenig zu laut geraten. Genau, gib´s ihr,

Baby! Ihr Unterbewusstsein hatte bereits die Boxhandschuhe an und tänzelte kampfeslustig um sie herum.

Langsam rutschte Germaine auf ihrem Stühlchen, das jederzeit zusammenzubrechen drohte, hin und her.

»Du bist wirklich ein zäher Brocken, Marie.«, murmelte sie.

Irma schoss senkrecht in die Luft.

»Ich heiße Irma! Wieso nennt ihr mich alle Marie? Was treibt ihr eigentlich für ein Spiel mit mir?«

»Nun beruhige dich doch, Schätzchen. Entschuldige, Pierre hat mir diesen Namen genannt…«

»Pierre? Woher kennen sie ihn? Was hat er ihnen über mich erzählt? Ist das alles ein abgekartetes Spiel? Was habt ihr mit mir vor?«

Mit einem Mal packte sie die Angst. Sie steuerte rückwärts auf die Tür zu. Germaine versuchte sie am Arm zu fassen und redete beruhigend auf sie ein, doch Irma hörte schon nichts mehr. Sie nahm alles wie durch einen Schleier wahr und hatte nur noch einen Gedanken: Raus hier! Ruckartig drehte sie sich um und rannte aus dem Haus.

Ziellos lief Irma durch die Straßen von Paris. Sie wusste nicht wohin mit sich und war einfach immer weiter gegangen. Sie fühlte sich betrogen. Das Treffen mit Pierre kam nicht mehr in Frage. Er war von Anfang an nicht ehrlich zu ihr gewesen. Zurück nach Hause wollte sie auch nicht. *Wer weiß, wer oder was dort auf mich wartet…* Vielleicht hatte Germaine Pierre verständigt und ihn angewiesen, sie abzufangen. Sie war den beiden viel zu leicht in die Falle gegangen. Wenigstens hatte sie jetzt nicht mehr das Gefühl, geisteskrank zu sein. Germaine war absolut real und hatte sie wiedererkannt. Außerdem kannte sie Pierre und war in irgendeiner Form mit in diese ganze Geschichte eingebunden. Aber was hatten sie verflucht nochmal bloß vor? Immer wieder kamen ihr Szenen aus schlechten Büchern oder Filmen in den Sinn, in denen der Teufel oder irgendwelche Dämonen versuchten, den Leuten die Seele zu stehlen. Oder den Körper, der dann für den jeweiligen Dämon als Medium benutzt wurde. Ihr Unterbewusstsein versorgte sie unermüdlich mit Videomaterial. Was für ein Quatsch! Sie musste sich zusammenreißen, wenn sie nicht ganz irre werden wollte. Aber woher sollte sie wissen, was real war und was nicht? Hatte die Wissenschaft nicht schon oft Dinge entdeckt, die kurze

Zeit vorher noch als Humbug belächelt worden waren? Jedenfalls hatte sie keine Lust, erst ihren Körper oder ihre Seele zu verlieren, um das herauszufinden. Bis sie nicht genau wusste, wer die beiden waren und was sie vorhatten, würde sie erst einmal irgendwo untertauchen müssen.

Die Klinik! Dort würden sie sie sicherlich am wenigsten vermuten.

Sie hatte Glück: Am Empfang saß gerade keiner und so konnte sie ungesehen vorbeihuschen. Sie war sich nicht sicher, ob nur Pierre, oder ob alle Menschen sie sehen konnten. Vielleicht gab es ein leeres Zimmer, ein leeres Bett für sie, in dem sie übernachten konnte. Leise quietschte der PVC-Boden unter ihren Füßen. Sie nahm die Treppe in den zweiten Stock und bog einer Intuition folgend nach links ab. Bis zum Abend würde sie sich erst einmal auf dem Klo verstecken und warten bis nur noch die Nachtschwester da war. Lange konnte das nicht mehr dauern. In der Damentoilette gab es allerdings keine Uhr und sie musste auf ihr Gefühl vertrauen. Gut, dass sie das Tagebuch eingesteckt hatte. Das würde ihr die Zeit vertreiben und vielleicht bekam sie so noch ein paar Informationen über sich und ihre Beziehung zu Pierre.

Donnerstag.

Traum und Wirklichkeit

Träum ich, oder wache ich?
Wein ich, oder lache ich?
Sind meine Träume meine Zukunft?
Ist meine Zukunft nur ein Traum?
Der Schein der Wirklichkeit lebt in mir
Zwei Welten fordern ihren Raum

Wenn ich einmal sterbe und jemand findet dieses Tagebuch, möchte ich, dass dieses Gedicht veröffentlicht wird. Dann kann etwas von mir in der Nachwelt weiterleben. Das versöhnt mich ein wenig mit dem Tod und gibt mir ein gutes Gefühl.

Irma saß mit gekreuzten Beinen auf dem Klodeckel und wurde ganz melancholisch. Sie hatte so gerne Gedichte geschrieben. Das gab ihr etwas, das sie mit Worten nicht beschreiben konnte. Ein Gefühl, zu etwas gut zu sein. Aber noch war dieses Leben nicht vorbei! Sie würde ihren momentanen Zustand noch ausnutzen, um Pierres und Germaines Lügenkonstrukt aufzuklären. Dann könnte sie wieder in ihren Körper zurückkehren und ihr Leben weiterführen. Vielleicht würde sie ja auch nochmal von vorne anfangen, wer weiß? Mit oder ohne Pierre... Pierre... eigentlich empfand sie noch immer sehr viel für ihn. Wenn sie ganz ehrlich mit sich war, konnte sie sich beim besten Willen nicht vorstellen, dass er es nicht gut mit ihr meinte. Doch warum hatte er ihr nicht die Wahrheit gesagt? Das galt es jetzt herauszufinden!

Sofort wurde sie ruhiger. Denkarbeit war schon immer eine ihrer Stärken gewesen. Als erstes würde sie die Fakten zusammentragen, die sie über Pierre und Germaine wusste. Das war leider nicht viel. Von Pierre hatte sie nicht einmal einen Nachnamen. Aber Germaine Crassaud war ein Anfang. Den Namen konnte sie googeln und dann mal schauen, was das Internet so über die Dame ausspuckte. Vielleicht konnte sie zu später Stunde unbemerkt an den Stationscomputer kommen, wenn die Nachtschwester ihren Rundgang machte.

Ihr Unterbewusstsein stand in Trenchcoat und dunkler Sonnenbrille parat.

Was hatte sie noch an Informationen? Natürlich! Sie könnte versuchen im Schwesternzimmer ihre Krankenakte ausfindig zu machen. Dann hätte sie zumindest schon einmal die Verletzungsursache und könnte überprüfen, ob Pierres Geschichte mit dem Unfall gelogen war.

Vielleicht war er darin ja sogar als Kontaktperson angegeben. Sie hatte noch nie eine Krankenakte genauer inspiziert.

Er war so nett gewesen! Eine Weile saß sie einfach nur da und starrte die verschlossene Tür an. Jemand hatte mit Edding einen Spruch darauf gekritzelt: ›Wenn du meinst, es geht nicht mehr, kommt von irgendwo ein Licht daher‹. Den hatte ihr vor Urzeiten ihre Großmutter ins Poesiealbum geschrieben, als sie gerade in der Grundschule war. Gab es denn hier keine jungen Leute?

Sie dachte über ihre Kindheit nach und über ihre Jugend. Seltsam: Sie wusste noch alles, nur an das letzte Jahr hatte sie fast keine konkreten Erinnerungen. Es lag wie unter einem Schleier verborgen. Man konnte sehen, dass da etwas ist, aber es nicht genau erkennen. Hatte man sie einer Gehirnwäsche unterzogen und die jüngste Vergangenheit aus ihrem Gedächtnis gelöscht?

Das Einzige, was sie immer wieder vernehmen konnte war eine Stimme, die ihr zuflüsterte: ›Du musst jetzt stark sein. Es wird alles gut.‹ Sie hätte schwören können, dass es sich dabei um Pierres Stimme handelte. Um sich davon abzulenken, nahm sie die Lektüre in Maries Tagebuch wieder auf.

Freitag. Der Tod. Wieso hat Gott den Menschen eine solche Angst vor dem Tod eingepflanzt? Schon seit jeher versuchen sie, ihn zu bekämpfen, ihn aufzuschieben, ihm mit allen Mitteln zu trotzen.

Zahlreiche Märchen, Mythen und Legenden erzählen von magischen Tränken, Riten oder Verfahren, die Unsterblichkeit oder ewige Jugend versprechen. Die Wissenschaft sucht seit Jahrzehnten nach Rezepturen, die das Leben verlängern und tödliche Krankheiten heilen können. Jedes noch so geringe Unwohlsein wird schon im Keim durch Medikamente erstickt.

Der Mensch will dem Tod den Garaus machen. Eine komische Idee! Man stelle sich den schwachen, gebrechlichen Menschen vor, wie er im Moment seines Ablebens auf den schwarzgewandeten, unheimlichen Sensenmann losgeht, um ihn mit bloßen Händen zu erwürgen...und sich hinterher zu wundern, dass es nicht funktioniert hat.

Wieso also haben wir diese fürchterliche, zermürbende Angst? Vielleicht damit wir uns nicht bei der kleinsten Schwierigkeit in den Freitod stürzen? Ist der Tod und das, was danach kommt, etwa in Wirklichkeit so schön, dass wir alle es ohne zu zögern gegen das Leben eintauschen würden?

Irma konnte nicht mehr stillsitzen. Sie musste jetzt etwas tun. Vorsichtig stand sie auf, entriegelte die Tür und spähte in den Vorraum. Es war kein Mensch zu sehen. Um sich die Füße zu vertreten lief sie auf und ab.

Unwillkürlich musste sie an Eric denken. Für ihn war es am Ende das Beste gewesen, zu sterben, davon war sie überzeugt. Er hatte richtig glücklich ausgesehen, kurz bevor er sich vor ihren Augen aufgelöst hatte. Manchmal konnte der Tod also doch auch eine Erlösung sein. Sie sah sein kauziges Gesicht vor sich und musste schmunzeln. Der große Philosoph. Der überdrehte Spinner. Das verängstigte Kind. Der obdachlose Mann. Der liebevolle Familienvater. So viele Facetten ein und derselben Seele.

Draußen auf dem Flur herrschte Totenstille. Irma ging ein Stück in die Richtung, in der sie das Schwesternzimmer vermutete. Am Ende des Ganges war eine Scheibe in die Wand eingelassen, dahinter schimmerte helles Licht. Wie in einem Agenten-Thriller pirschte sie sich in geduckter Haltung heran und wagte einen Blick hindurch. Die Nachtschwester saß am Schreibtisch und trug etwas in ein Buch ein. An der Wand zeigte eine Uhr viertel nach zehn.

Irma verspürte nicht die geringste Lust, die halbe Nacht dort zu warten. In Gedanken beschwor sie die Frau aufzustehen und ihren Rundgang zu machen. Vielleicht reagierte sie ja ähnlich gut wie das Eichhörnchen? Einmal mehr verdrehte ihr Unterbewusstsein die Augen.

Doch die Schwester zuckte nicht mit der Wimper. Irma überlegte fieberhaft, wie sie sie am besten von ihrem Platz weglocken könnte. In dem Moment klingelte ein kleiner digitaler Wecker. Die gut beleibte Frau sah auf die Uhr, wie um zu überprüfen, ob der Wecker nicht vielleicht kaputt war, dann erhob sie sich missmutig, klemmte sich eine Flasche Kochsalzlösung unter den Arm und trat auf den Gang hinaus. Als sie an ihr vorbei ging, kauerte Irma immer noch unterhalb der Scheibe auf dem Boden. Sie war vor Schreck erstarrt wie ein Kaninchen, das sich im Angesicht des Feindes auf den Boden duckt und hofft nicht gesehen zu werden. Zu ihrem Glück nahm die Schwester sie wirklich nicht wahr. Sie fummelte an der Halterung der Plastikflasche herum und lief dabei zielstrebig den Flur entlang. Ein leises Brummen ertönte und oberhalb einer Tür fing ein Lämpchen an zu leuchten. Jemand hatte die Klingel betätigt. Die Krankenschwester stieß einen kaum wahrnehmbaren Fluch aus, während Irma ein Dankgebet gen Himmel schickte. Jetzt würde sie genug Zeit haben, sich den Computer vorzunehmen.

Mit angezogenen Beinen saß sie auf den duftenden Laken, die Füße unter der Decke vergra-

ben, den Oberkörper an das aufgestellte Kopf-
teil gelehnt. Als die Nachtschwester wieder an
ihrem Platz war hatte sie nach langem, vorsich-
tigem An-Türen-horchen und Durch-
Türschlitze-hindurch-Spähen endlich ein nicht
belegtes Zimmer mit einem frisch bezogenen,
jungfräulichen Bett gefunden.

Leider hatte die Google-Suche nach Madame
Crassaud nicht sehr viel ergeben, abgesehen
von der Tatsache, dass sie wirklich Wahrsagerin
war und auf ihrer Internetseite zahlreiche zwie-
lichtige Dienste anbot, wie Kartenlegen, Hand-
lesen, astrologische Lebensberatung und einiges
mehr. Auf dem Gebiet der Kontaktaufnahme
mit den Seelen Verstorbener schien sie allerdings Expertin zu sein. Zu diesem Thema fand
Irma noch einige ältere Zeitungsartikel, in denen ihre sensationellen Fähigkeiten beschrieben
wurden. Anscheinend hatte sie schon des Öfte-
ren persönliche Dinge über Tote gewusst, die
außer den nächsten Angehörigen niemand hätte
wissen können. Mit ihrer Hilfe war angeblich
sogar ein mysteriöser Mordfall aufgeklärt worden. Auf den Fotos hatte sie einen wahnsinnig
sympathischen Eindruck gemacht.

Frustriert überdachte Irma ihr weiteres Vorgehen. Für einen Blick in die Krankenakte hatte
die Zeit nicht mehr gereicht, deshalb musste sie

wohl oder übel einen zweiten Spionageversuch starten. Doch zunächst brauchte sie dringend ein wenig Schlaf. Ihre Augenlider wurden bereits schwerer und schwerer…

Über ein Meer aus weißen, watteartigen Wolken schwebte Pierre auf sie zu. Schon von weitem war sie von seinem Blick gefesselt. Seine Augen strahlten diese grenzenlose Wärme und Liebe aus, die sie hoffnungslos gefangen hielten. Vergeblich versuchte sie, einen festen Stand für ihre Füße zu finden, Je mehr sie sich anspannte, desto weniger Halt schien es zu geben. Pierre lachte.

»Bleib ganz locker. Es wird dich tragen. Vertrau mir.«

Langsam entspannte sie sich. Er war jetzt ganz nah bei ihr.

»Hältst du mich fest, wenn ich falle?«, fragte sie.

»Du wirst nicht fallen. Hab keine Angst, ich werde immer bei dir sein.«

Aus irgendeinem Grund glaubte sie ihm das nicht. Die Angst, ihn für immer zu verlieren, nagte an ihr, wie der Wurm an einem verdorbenen Apfel.

Sacht streckte er seine Hand aus und berührte sie an der Wange. Seltsam, es schien hier oben keine Berührungen zu geben. Es schien überhaupt keine Materie zu geben. Sie konnte seine Hand nicht körperlich spüren. Dennoch nahm sie ein Kribbeln wahr, das ihren schwerelosen Körper zum Schwingen brachte, wie der Wind auf einer Harfe.

Ihre Lippen kamen sich näher. Sie versuchte, ihn festzuhalten, doch ihre Hände griffen durch ihn hindurch.

»Schließ die Augen« flüsterte er »Lass es in deiner Vorstellung geschehen!«

Sie folgte seiner Anweisung. Grenzenloses Vertrauen erfüllte sie, als sie sich mit geschlossenen Lidern vorstellte, seinen Körper zu ertasten und seine Haut auf der Ihren zu spüren.

Während ihre Körper sich zu einem einzigen vereinigten, wurden die Schwingungen immer stärker, bis der Raum um sie herum förmlich zu vibrieren begann. Sie konnte seine Gedanken denken und seine Empfindungen fühlen und er die Ihren. Sie konnte seinen Gliedmaßen befehlen, sich zu bewegen. Aber es waren nicht mehr seine. Es waren auch nicht ihre. Es war, als bewohnten sie gemeinsam ein und denselben Körper. Hitze erfüllte die Luft. Alles war Energie, alles war eins, alles war hier und jetzt. Es gab nichts außer ihnen beiden, die jetzt zu einer Einheit verschmolzen.

Irma wurde von einer Flut unbekannter Gefühle übermannt, die wie ein Tornado in ihr wüteten und sie gleich eines geistigen Orgasmus in höhere Sphären hinauftrugen.

Sie hörte ihn leise stöhnen. Es gab keinen Unterschied mehr zwischen seiner Wahrnehmung und ihrer, seine Erregung war ihre Erregung und ihre Körperschwingung war die Seine.

»Was tun wir hier?«, wisperte er, während er sich ganz langsam und Stück für Stück wieder aus ihr zurückzog.

Allmählich fand sie ihren Verstand wieder. »Wir haben uns geliebt«, antwortete sie wie selbstverständlich.

»Ich glaube nicht, dass eine derart sinnliche Vereinigung für geistige Körper vorgesehen ist« murmelte er, sichtlich verwirrt.

Sie schwebten jetzt nebeneinander her und ließen sich treiben.

»Es war das Beste, was ich bisher erlebt habe, also kann es so verkehrt nicht gewesen sein«, entgegnete sie.

Pierre lächelte. »Du hast Recht, es war unglaublich.«

Eine Weile schwiegen sie.

»Versprich mir, dass du es nie vergisst.«

»Ich werde es niemals vergessen«, sagte sie.

Es war schon kurz nach neun, als Irma erwachte. Sie schüttelte den Traum ab und fand sofort zurück in die Realität. Auf dem Flur herrschte bereits reger Betrieb. So ein Mist. Wie sollte sie es jetzt noch schaffen, einen Blick in die Akte zu werfen? Als sie aus dem Zimmer trat, beachtete sie niemand. Die Schwestern waren in ihre Arbeit vertieft und sahen durch sie hindurch. Wahrscheinlich konnten wirklich nur Personen, die ihr nahestanden oder Medien wie Germaine sie wahrnehmen und die ganze Heimlichtuerei war völlig überflüssig gewesen.

Aus dem Augenwinkel sah sie eine Person in ein Krankenzimmer eintreten. War es Pierre gewesen, oder hatte ihr Verstand ihr einen Streich gespielt? Langsam ging sie ein Stück auf die Tür zu. Es war Maries Zimmer. Neugier und Angst hielten sich eine Weile die Waage, dann fasste sie ihren Mut zusammen und traute sich näher heran. Durch einen Spalt spähte sie hinein. Er stand über das Bett gebeugt und hielt ihre Hand. Obwohl er nur flüsterte, konnte sie deutlich seine Stimme wahrnehmen.

»Auch ich werde mich immer daran erinnern«, sagte er.

Irma machte auf dem Absatz kehrt. Sie war davon überzeugt, dass er sich auf den Traum bezog. Dann war es ein gemeinsamer Traum gewesen? Konnte man gemeinsam träumen oder an den Träumen anderer teilhaben?

Das war ihr nicht geheuer. Einerseits wollte sie diese tiefe seelische Verbindung mit Pierre unbedingt und es fühlte sich gut und richtig an. Andererseits wollte sie aber auch an ihrem Plan festhalten und zunächst die Krankenakte überprüfen. Sie musste wissen, ob die Geschichte mit dem Unfall stimmte. Unbemerkt schaffte sie es ins Schwesternzimmer zu gelangen und die Akte mitzunehmen. Sie bahnte sich eilig einen Weg zu dem Warteraum, der um diese Uhrzeit menschenleer war, und schloss die Tür hinter sich.

Sie öffnete den abgegriffenen Pappdeckel der Krankenakte und hielt den Atem an. Schwarz auf weiß sah sie den Namen vor sich: Irma Marie Leclerc. Es war ihre Akte. Okay, das hatte sie ja inzwischen verstanden.

Der Unfallbericht selber hielt sich in Grenzen. Natürlich war man hier eher auf ihre Verletzungen fokussiert. Ein Autounfall mit einem LKW. Dann hatte Pierre in diesem Punkt die Wahrheit gesagt. Irma las weiter. Schädel-Hirn-Trauma stand da. Höchstwahrscheinlich mit erheblichem Gedächtnisverlust, falls sie überhaupt wieder aus dem Koma erwachte. Das schien nicht sicher zu sein, wenn sie diesen Wust aus Fachbegriffen richtig deutete.

Nun ja, das liegt dann ja wohl in meinem Ermessen, dachte sie selbstbewusst. In diesem Punkt war sie der modernen Medizin ein Stück weit voraus und das fühlte sich ziemlich großartig an.

Auch, dass Pierres Geschichte stimmte, gab ihr wieder Auftrieb. Sie liebte ihn, dessen war sie sich nun sicher, auch wenn ihr die Erinnerungen an die gemeinsame Vergangenheit komplett fehlten. Ihre Seele war sich sicher und das reichte ihr.

Doch wieso um Himmels Willen sträubte sich dann alles in ihr dagegen, in ihren Körper zurückzugehen?

Es half alles nichts, sie musste ihn zur Rede stellen. Sie mussten endlich Klartext sprechen.

8

Als sie im Krankenzimmer ankam, war Pierre schon verschwunden. Dann musste sie eben warten, bis er zurückkam. Früher oder später würde er schon wieder hier auftauchen. Um sich die Zeit zu vertreiben, nahm sie sich nochmal das Tagebuch vor. Es war der letzte Eintrag.

Samstag. Ich habe Angst. Angst vor dem Tod. Nicht vor dem Sterben selber, vielmehr davor, die Menschen zu verlieren, die mir teuer sind. Ein Leben nach dem Tod hieße ein Leben ohne ihn. Ohne ihn, den ich so sehr liebe, dass mir mein Wesen untrennbar mit dem Seinen verbunden scheint. Wir sind wie zwei Arme ein und desselben Körpers, wie zwei Blätter eines Baumes. Miteinander alt werden bedeutet wohl auch immer, einander irgendwann zu verlieren. Sehr unwahrscheinlich, dass beide zum gleichen Zeitpunkt sterben. Einer bleibt übrig und muss den Verlust des Anderen ertragen. Ihn mit sich herumtragen, bis er ihn von innen auffrisst. Durch jede Erinnerung wird die Gegenwart vergiftet, durch jedes Foto aus der Vergangenheit die Zeitmaschine aktiviert, die dich nach einem kurzen Ausflug in paradiesische Oasen zurück in die trostlose Wüste schickt, aus der du gekommen bist. Sicher, du bist eine Zeit lang glücklich gewesen. Aber du hast es mit dem Rest deines Lebens bezahlt. Was stören einen Vogel, der im Käfig geboren ist, die Gitterstäbe? Du öffnest die Tür und er wird den Unterschied nicht merken. Doch hat er einmal die Freiheit gekostet, geht er in Gefangenschaft ein.

Sie hatte lange auf ihn gewartet und genug Zeit gehabt, sich genau zurechtzulegen, was sie ihm sagen wollte. Wieder und wieder hatte sie die Szene im Kopf durchgespielt. Doch jetzt, da er vor ihr stand, war plötzlich alles weg.

Einen Moment lang schauten sie sich wortlos an. Er wirkte niedergeschlagen, entmutigt. Seine schönen, markanten Gesichtszüge hatten einen fast gleichgültigen Ausdruck angenommen und die Haut einen blassen, aschfahlen Farbton.

Darauf war sie nicht vorbereitet gewesen.

Sie wusste nicht mehr, wo sie anfangen sollte. Die widerspenstigen Wörter in ihrem Gehirn wollten sich einfach nicht zu einem sinnvollen Satz zusammenfügen lassen.

»Du bist nicht zum Treffpunkt gekommen«, sagte er tonlos.

Schließlich fand sie ihre Sprache wieder.

»Nein… ich hatte Angst.« Vielleicht war Ehrlichkeit die beste Strategie.

»Ich war mir nicht sicher, ob ich dir trauen kann. Du hast mir nicht die Wahrheit gesagt… Ich weiß jetzt, dass das mein Körper ist…« Sie deutete auf ihre leblose Hülle. »… und ich glaube, ich konnte seit vier Wochen nicht sterben, weil ich dich nicht verlassen konnte… Und ich weiß einfach nicht, warum ich nicht zurück in diesen verfluchten Körper gegangen bin. Aber ich habe die starke Vermutung, dass du es mir erklären kannst. Was ist mit mir passiert? Was ist mit uns passiert? Ich kann mich an nichts mehr erinnern… Warum warst du nicht ehrlich zu mir?« Tapfer versuchte sie, nicht zu weinen.

Pierre schloss die Augen, wie um sich zu sammeln.

»Das sind ziemlich viele Fragen«, entgegnete er gefasst.

Während sie gesprochen hatte, hatte sich der Herzton ihres Körpers immer mehr beschleunigt. Nun löste die Maschine, die bisher nur gepiepst hatte, einen Alarm aus.

Innerhalb von Sekunden kam eine Krankenschwester aufgeregt ins Zimmer. Sie lief direkt auf das Bett zu, hob die Augenlider der Patientin an und leuchtete ihr in die Augen.

Irma und Pierre würdigte sie keines Blickes.

Als sich die Herzfrequenz langsam wieder normalisierte, maß sie noch einmal die Temperatur und den Blutdruck und verschwand schließlich wieder, etwas irritiert, aus dem Zimmer. Dabei lief sie geradewegs auf Pierre zu und – sie hätte ihn streifen müssen, anrempeln müssen - stattdessen glitt ihr rechter Arm widerstandslos durch ihn hindurch. Als sei er Luft!

Irma hatte das Gefühl, ihr würde der Boden unter den Füßen weggezogen. Ihr Blick suchte seinen. Er wirkte gar nicht überrascht und schaute sie etwas verlegen und voller Mitgefühl an. Langsam kam er auf sie zu und legte ihr liebevoll die Hand auf die Wange.

In ihrem Kopf rotierten die Gedanken. Was war da gerade passiert? Hatte ihr Bewusstsein ihr einen Streich gespielt? Wie konnte das sein? Natürlich wusste sie intuitiv die Antworten, weigerte sich aber standhaft, das offensichtliche anzunehmen.

Nein, das war unmöglich! Während ihr schon wieder die Tränen in die Augen traten, blieb sie wie erstarrt stehen. Adieu, toughe Geheimagentin, hallo Heulsuse! witzelte ihr Unterbewusstsein.

Pierre schüttelte langsam den Kopf, während sie ihn ungläubig anschaute. Es tat ihm in der Seele weh, diese Frau weinen zu sehen. Er sah ihr direkt in die Augen.

»Marie...« Der Schmerz stand ihm ins Gesicht geschrieben, doch es musste jetzt ausgesprochen werden.

»Du willst seit vier Wochen nicht mehr leben, weil du mich nicht loslassen kannst.«

Nach einer Pause fuhr er fort: »Meine Zeit war gekommen. Ich bin nur deinetwegen noch hier…«

Es dauerte einige Zeit, bis die Worte zu ihr vorgedrungen waren. Es war sein Blick, der sie auf den Beinen hielt.

So standen sie im Raum und schauten sich intensiv an. Irma weinte lautlos mit offenen Augen, während er sie weiter mit seinem Blick fesselte. Seine Augen waren wie eine Rettungsinsel für sie und sie hielt sich daran fest wie eine Ertrinkende.

Ihr Unterbewusstsein fand als erstes die Sprache wieder:

`Herzlichen Glückwunsch, sie haben sich in einen Geist verliebt!`

»Warum nennst du mich Marie?«, wollte sie fragen. Sie musste ihn das fragen. Sie musste sich ablenken, Zeit gewinnen. Sie musste… Sie hatte es bereits ausgesprochen.

»Ich habe dich von Anfang an so genannt«, sagte er. »Seitdem du mir deinen vollen Namen verraten hast. Es war immer etwas Besonderes zwischen uns. Ich hatte das Gefühl, Marie für mich alleine zu haben, während ich Irma mit allen anderen hätte teilen müssen.« Er lächelte zaghaft.

Irma versuchte rational zu denken. Wenn sie jetzt Emotionen zuließ, war sie verloren. »Mir hätte direkt auffallen müssen, dass sie dich auch nicht sieht.«

Pierre war irritiert. »Wer?«, fragte er.

»Die Krankenschwester. Sie hat uns beide nicht wahrgenommen, als sie reinkam.«

Hi Sherlock!

»Halt die Klappe!«, zischte sie. Langsam ging ihr das Unterbewusste gehörig auf den Keks.

Pierre zuckte kurz zusammen, doch dann grinste er. »Du redest also immer noch mit dir selbst.«

Peinlich berührt legte sie die Hand auf den Mund, doch er ging auf sie zu und nahm sie in den Arm.

»Ich liebe dich genau so, wie du bist, mit allen Macken und Besonderheiten.« Sie spürte sein Grinsen an ihrem Ohr. »Das werde ich immer tun. Auch wenn wir demnächst nicht mehr zusammen sein können - zumindest nicht auf dieser Ebene. Aber glaub mir, ich werde immer bei dir sein, Marie, auf ewig.«

»Was… ist mit deinem Körper? Kannst du nicht auch wieder zurück?« fragte sie und klammerte sich wie ein Äffchen an diesen Hoffnungsschimmer. Derweil ahnte sie schon die Antwort.

»Der liegt schon länger unter der Erde…«

Pierre war bei dem Unfall ums Leben gekommen. Er war tot und begraben. Unwiederbringlich.

»Dann werde ich mit dir gehen. Wir werden zusammen sein, in welcher Form auch immer…« Immer noch liefen die Tränen über ihr Gesicht. »Ich habe das Gefühl, dich gerade erst wiedergefunden zu haben… Ich kann dich jetzt nicht wieder gehen lassen…«

Das Schicksal war unbarmherzig. Wie konnte es ihr ihre große Liebe nehmen und dann auch noch die glücklichste Zeit ihres Lebens aus ihrem Gedächtnis löschen? Einmal mehr begehrte sie dagegen auf. *Wieso ich? Das ist ungerecht! Ich sehe es nicht ein. Wieso dürfen andere Menschen glücklich sein und ich nicht?* Doch dies war die alte Irma, die so dachte. Pierre hatte sie durch diese schwierige Zeit begleitet, um sie zu Ihrem wahren Ich zu führen. Zu jenem, welches das Leben annimmt, welches auch ohne ihn lebensfähig ist.

»Du erinnerst dich an gar nichts mehr, nicht wahr? Soll ich es dir erzählen?«

Sie zögerte. Wollte sie das jetzt wirklich hören? Doch ihre Augen hatten die Antwort schon formuliert, und er begann zu reden.

Sie setzten sich auf einen Sessel, der im Zimmer stand, sie auf seinem Schoß zusammengerollt wie ein kleines Kind, und er erzählte die ganze Geschichte, von ihrem Kennenlernen an bis zum Unfall. Irma sog alles in sich auf und verwahrte es wie einen Schatz in ihrem Gedächtnis, wie ein besonderes Kleinod, das sie von nun an nie wieder vergessen und immer bei sich tragen würde.

Als seine Erzählungen zu einem Ende kamen, waren Irmas Tränen längst getrocknet. Sie fühlte sich stark und zu allem fähig. Dennoch war sie noch nicht bereit, den letzten Schritt zu tun. Argwöhnisch schielte sie zu ihrem Körper hinüber, der wie eine leere Hülle auf dem Bett lag. Sie überlegte.

»Gib mir drei Tage«, forderte sie mit fester Stimme. »Dann werde ich stark sein und in diesen Körper zurückkehren.«

Ihr Unterbewusstsein spendete frenetischen Applaus.

Pierre lächelte angesichts ihrer Zuversicht. Er war sich nicht sicher, ob ein solcher Eingriff in das Schicksal zweier Menschen dem Weltenwillen entsprach, doch wer sollte es ihnen verbieten? Hatten sie nicht früher schon Konventionen gebrochen und neue Wege für sich entdeckt?

Schließlich nickte er ihr zu. »In Ordnung«, sagte er. »72 Stunden und keine Minute länger. Unter einer Bedingung«, fügte er hinzu.

»Und die wäre?«

»Du verbringst die Zeit mit mir.«

Sie saßen auf einer Bank in der Sonne. Es war dieselbe Bank, auf der Pierre sie bei ihrem ersten Treffen erwartet hatte.

»Eins musst du mir noch erklären«, sagte sie. »Warum diese ganze Heimlichtuerei? Wieso hast du mich nicht sofort mit Marie angesprochen? Warum hast du mir nicht einfach ganz klar gesagt, dass ich im Koma liege?«

»Das habe ich zuerst versucht, etliche Male, aber du hast dich nie an mich erinnert. Und - egal, was ich auch gesagt oder getan habe - du hast es wohl jedes Mal nur als Traum abgespeichert. Ich musste am nächsten Tag jedes Mal wieder von vorne anfangen. Schließlich habe ich Germaine aufgesucht, weil ich mir nicht mehr zu helfen wusste. Sie war es, die auf die Idee kam, du müsstest mich und auch dich selbst erst neu erfinden.«

Irma war gerührt. Er hatte sich so viel Mühe gegeben. Eigentlich hatte sie den Rest ihres Lebens mit diesem Mann verbringen wollen, und nun blieben ihr nur noch weniger als 72 Stunden... *Na dann los, die Zeit läuft!*

»Lass uns etwas ganz Verrücktes machen«, sagte sie. »Ich möchte diese letzte Zeit mit dir so intensiv wie möglich erleben.«

»Du tust gerade so, als sei es eine Galgenfrist!«

»So ähnlich fühlt es sich für mich an.«

Pierre lächelte. Er wusste, dass alles was er dagegen sagen könnte, auf taube Ohren stoßen würde.

»Also, was hast du dir vorgestellt? Ich bin zu allem bereit!«

»Ich wollte immer schon gerne fliegen, frei wie ein Vogel. Meinst du, wir könnten so etwas tun? Paragliden oder Drachenfliegen oder etwas in der Art? Schwierig ist natürlich, dass alle anderen uns nicht wahrnehmen. Das könnte wirklich zu ein Problem werden, oder?«

»Wir brauchen keinen Schirm und keinen Drachen. Hast du vergessen, dass wir Geister sind?«

Für einen Moment hatte sie wirklich nicht daran gedacht.

»Was meinst du damit? Glaubst du, wir können einfach so losschweben? Also bisher habe ich davon noch nichts mitbekommen.«

»Weil du es dir nicht vorgestellt hast. Du warst davon überzeugt, dass du einen festen Körper hast, also hat es sich für dich so angefühlt. «

»Du meinst wir haben eigentlich gar keinen Körper mehr?«

»Doch«, entgegnete er, »wir haben eine Art geistigen Körper. Er besteht nicht aus Materie. Sieh mal«. Beherzt griff er mit seiner Hand durch das Holz der Parkbank hindurch. »Du entscheidest in jedem Moment neu, bewusst oder unbewusst, ob du etwas anfassen oder doch lieber hindurchgreifen möchtest. Wir können auf dieser Bank sitzen, weil wir es uns so vorstellen. Wir könnten auch auf den Boden fallen oder schweben, je nachdem, wie wir es uns ausmalen.«

Verblüfft starrte Irma ihn an. Das erklärte so einiges. Plötzlich musste sie an ihren Traum denken, in dem sie sich mit Pierre vereinigt hatte.

»Dieser Moment, als du an Maries… an meinem Bett standest… weißt du noch… du hast gesagt, du würdest es auch niemals vergessen. Was hast du damit gemeint?«

Er grinste. »Mit Sicherheit genau das, woran du auch gerade gedacht hast.«

»Dann ist es also wirklich geschehen. Ich dachte, es sei ein Traum gewesen. Es war… phantastisch. Als wären wir ein einziger Körper gewesen. Aber ohne Körper. Es war…«

»Unbeschreiblich.« Sein Mund war jetzt ganz dicht an ihrem.

»Vielleicht könnten wir es noch einmal wiederholen«, raunte sie in sein Ohr. »Es steht auf meiner Liste ganz oben, noch vor dem Fliegen…«

Er küsste sie zärtlich. »Nein, ich glaube, wir sollten diesen Moment für immer so in Erinnerung behalten, wie er war… Aber wir könnten eine ähnliche körperliche Erfahrung machen. Eine Erfahrung in dem Bewusstsein, dass wir uns berühren können. So wie jetzt.« Sanft streichelte er über ihre Schulter und ließ dann die Hand ganz langsam hinab zu ihrer Brust gleiten.

»Du meinst wir könnten Sex haben.«

»Du hast die Dinge schon immer so wunderbar auf den Punkt gebracht.« Er platzierte eine Anzahl von kleinen Küssen auf ihrem Hals, wobei er mit seinen Lippen kaum ihre Haut berührte. Irma rekelte sich und legte den Kopf zurück. »Hier im Park?«, fragte sie mit gespielter Erschrockenheit.

»Von mir aus auch in der Metro«, gab er zurück. »Uns sieht doch keiner.« Dabei zog er sie noch näher an sich.

»Stimmt«, lachte sie, »für Exhibitionismus braucht es immer zwei Seiten.« Ihre Hand wanderte an der Innenseite seines Oberschenkels nach oben. Diese Intimitäten an einem öffentlichen Ort gaben ihr einen besonderen Kick.

Bewusst ließ sie den Geruch seiner Haut in ihre Lungen strömen und öffnete sich ganz dem Verlangen ihrer körperlichen Triebe. Sengende Hitze und angenehm kalte Schauer überkamen sie abwechselnd, als er mit seinen Händen und Lippen ihren Körper liebkoste.

»Ganz schön hart für einen nicht-materiellen Körper«, scherzte sie noch, bevor sie sich ganz der Stimme ihrer Gefühle ergab.

Pierre stand als erster wieder auf. Er fühlte sich ein wenig zerzaust. Die Bestandteile seines geistigen Körpers waren wohl etwas durcheinandergeraten und wollten nun nicht mehr so recht zusammenhalten. Kein Wunder bei der aufwühlenden Erfahrung, die sie soeben gemacht hatten.

Vielleicht war jetzt die richtige Zeit für Maries Flugstunde. Schnell schob er die Sorgen beiseite und schaute in den wolkenlosen Himmel hinauf. Es würde schon alles gutgehen.

»War es doch nicht so gut wie ich es empfunden habe?« Irma hatte die Augen geöffnet und betrachtete sein Gesicht.

»Es war sensationell, das weißt du genau!«

Das scheinheilige Lächeln, das ihr so wahnsinnig gut stand, verschwand aus ihrem Gesicht, als er ihr aufhalf.

»Ich habe die Falten auf deiner Stirn gesehen«, sagte sie ernst, und als er nicht darauf einging:

»Hast du Angst vor dieser anderen Dimension in die du gehen wirst, wenn die Zeit abgelaufen ist?«

Eigentlich wollte er ihr nichts von seinen Befürchtungen erzählen. Sie sollte die letzten Stunden mit ihm unbeschwert verbringen. Doch nun schien die Zeit gekommen, ihr die Wahrheit zu gestehen.

»Ich weiß ehrlich gesagt nicht, ob ich mein Versprechen, was die drei Tage betrifft, einhalten kann. Es fühlt sich an, als würde sich mein geistiger Körper langsam auflösen. Vielleicht habe ich meine Zeit in dieser Ebene schon überschritten… und auch meine Kompetenzen, als ich dir noch mehr versprach.«

Bei dem Gedanken, ihn vielleicht jeden Moment zu verlieren, wurde Irma fast übel. Doch sie biss die Zähne zusammen und verdrängte das Gefühl.

»Dann lass uns schnell noch eine Runde fliegen!«, schlug sie vor. »Ich möchte jede Sekunde nutzen, egal wie viel Zeit uns noch bleibt.«

Während sie sprach, fing sie unbewusst schon an, sich in die Luft zu erheben. So einfach war das! Man brauchte nur daran zu denken! Begeistert strebte sie immer höher hinauf.

»Komm schon!«, forderte sie ihn auf.

Lachend ergriff er ihre Hand und folgte ihr.

Seltsam, wie der Begriff der Zeit sich formen ließ. Es hätten Stunden vergehen können oder Tage. Ganze Zeitalter hätten an ihnen vorüberziehen können. Sie hätten es nicht wahrgenommen. In der Luft, die sich um sie schmiegte, die mit ihnen verschmolz und sie trug wie zwei Federn im Wind, war die Ewigkeit spürbar nah. Äonen von Jahren fügten sich zu einer Einheit zusammen. Es roch nach Flieder und nach Meerwasser, nach Blut und Urin, nach Pferdestall und nach frisch gebackenem Brot.

Epilog

Irma Marie Leclerc saß auf ihrem Sofa und schrieb einen Eintrag in ihr altes Tagebuch. Es war der Erste seit ihrer Entlassung aus der Klinik. Vor ihr auf dem niedrigen Tisch stand eine Tasse mit dampfendem Pfefferminztee.

Sonntag. Seit vier Monden bin ich wieder lebendig. Es fühlt sich gut an. Wie eine neue Chance.

Ich habe gelernt, dass es keine Zeit gibt. Jeder Moment kann verfliegen wie ein Windhauch oder uns für immer erhalten bleiben, weil wir es so wollen.

Ich lebe mein Leben - und das muss nur für mich passen. Und wenn es das tut, dann passt es für alle anderen automatisch auch. Immer.

Gerade habe ich die letzte Zeile meines Romans geschrieben, der von einer Erfahrung mit dem Tod handelt, ähnlich der, die ich selber machte. Vielleicht wird es ein Erfolg, ich werde berühmt und verwirkliche meinen Traum, mich als Schriftstellerin zu etablieren. Wer weiß schon, wie viel Wirklichkeit in einem Traum steckt und wie viel Traum in der Wirklichkeit?

Beim letzten Wort hatte sie sich verschrieben. Sie setzte zu einem hässlichen, fetten Strich an, um es unkenntlich zu machen und dahinter neu zu schreiben. Dabei wartete sie innerlich schon auf den beißenden Kommentar aus ihrem Unterbewusstsein. Doch er blieb aus. Seltsam. Seit ihrem Wiedereintritt in den Körper hatte sich die schnippische Alte nicht mehr gemeldet. Sie durfte nicht vergessen, Pierre dafür zu danken.

Es waren Kleinigkeiten, die ihr fehlen würden:

Seine Art, ihr begleitend die Hand auf den Rücken zu legen oder das Geräusch, das er mit den Lippen machte, wenn er nachdenklich war.

Ihre Seelen schienen am selben Faden zu hängen. Manchmal fühlte sie sich wie von seiner Stimme geführt, als bestünde eine unsichtbare Verbindung zwischen ihnen.

Dennoch war sie offen für den Rest Ihres Lebens, brannte darauf, neue Erfahrungen zu machen, Menschen kennen- und lieben zu lernen und ihre Zukunft bewusst nach ihren Vorstellungen zu gestalten.

Er hatte ihr den Weg zu sich selbst gezeigt. Nun würden sie beide einen neuen Anfang wagen. Jeder für sich, auf der Suche nach einer neuen großen Freiheit.… Und sich dabei doch näher sein als je zuvor.

Danksagung

Vielen Dank an alle, die mich – bewusst oder unbewusst – darin unterstützt haben, dieses Buch zu schreiben und zu veröffentlichen.

Ein besonderes Dankeschön gilt meinen Lektoren, Hans K. und Miriam von Mentorium, sowie meinen Testlesern, die mir durch ihr Feedback sehr dabei geholfen haben, die Story flüssig und rund werden zu lassen.

Außerdem möchte ich mich ganz herzlich bei Casandra Krammer bedanken für das wundervolle Cover.

Autorin

Anna Terris verbrachte die Grundschulzeit ihrer Kindheit in Frankreich und einen Teil ihrer Jugend im Krankenhaus, wo sie einen erbitterten Kampf gegen eine seltene Art von Knochenkrebs gewann. Schon früh begann sie daher, sich mit philosophischen Themen wie dem Tod und dem Sinn des Lebens auseinanderzusetzen, die sie zunächst meist in Gedichtform verarbeitete. Der Kurzroman *Was kümmert mich Marie?* ist ihr Debut als Autorin.

Mehr zu Anna Terris unter:

www.annaterris.com

www.facebook.com/annaterrisofficial

www.instagram.com/anna.terris_official